春天，我想去田野里采一朵花

戴蓉——著
朱亚萍——绘

北京联合出版公司

目录

06 二月兰
紫雾
/ 059

05 桃花
夭桃世上花
/ 047

04 油菜花
压畦春露菜花黄
/ 035

03 玉兰
花似玉，香如兰
/ 025

02 笋
凌云一寸心
/ 013

01 迎春花
金英翠萼带春寒
/ 005

序
/ 001

20	19	18	17	16	15	14
金银花	打碗花	蔷薇	杜鹃	牡丹	救荒野豌豆	紫藤
金花间银蕊	鼓子花开春烂漫	且伴蔷薇	最惜杜鹃花烂漫	唯有牡丹真国色	采薇采薇	紫藤挂云木
/ 225	/ 213	/ 203	/ 191	/ 179	/ 167	/ 155

13	12	11	10	09	08	07
荠菜	茶	海棠	阿拉伯婆婆纳	樱花	柳	梨花
春在溪头荠菜花	且将新火试新茶	胭脂乍染	草地上的蓝眼睛	何以渡春心	杨柳东风树	惆怅东栏一株雪
/	/	/	/	/	/	/
143	131	121	109	095	081	069

- 序 -

    生活在都市里的人离自然很远。

    缺乏自然的人，光凭学习、工作、吃喝、社交就能获得快乐吗？就我个人而言，这些远远不够，就像我需要看书、看电影、看展览一样，到郊野、公园，甚至只是在草坪和绿化带中看看花草也是必要的。

    植物向来是四季风物中最重要的部分，是人们食用的蔬果、衣服上的染料和治病的良方，也是我们了解这个世界和记取生活最初的线索。我喜欢和那些能识花断木的人交朋友，能分辨常见的草木、野鸟和昆虫，这些技能也许在现实生活中派不上什么用场，但你对自然了解得越多，你的心就越柔软，也就越能抵御高速运转的日常带来的焦虑。

春天是万物生发的季节。每年的春天好像都一样，但每个春天又都是新的。2020年的春天，我在微博上看到一段视频，是无人机拍摄的武汉大学的樱花。那个春天，花树下无人，樱花却自顾开得如云似锦。

很多时候，人类并没有自己想象中的强大圆满。认识植物，也是认识自己的一种途径。

01

迎春花

木犀科素馨属落叶灌木
花期 2—4月

喜光，喜温暖湿润，稍耐阴，略耐寒，怕涝。
原产于中国北方与西南山区，自然分布于甘肃、陕西、四川、西藏、云南的山坡灌丛中。
有较高的观赏价值，花朵可入药。

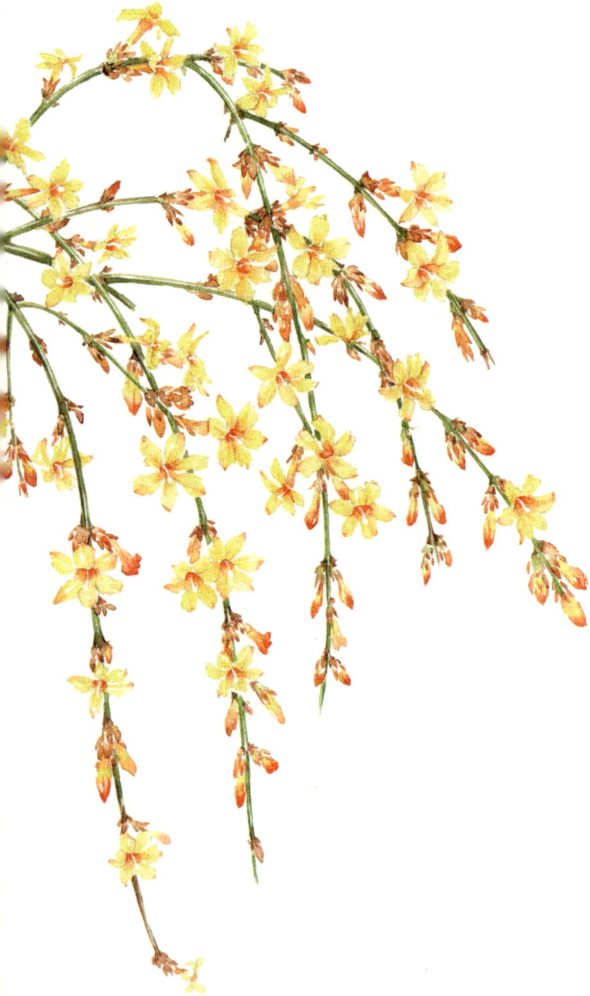

金英翠萼带春寒

早春,绝大多数春花都还没动静,迎春花就率先开放了。

迎春花先花后叶,花开时柔软纤长的枝条上缀满金灿灿的花朵,形若黄金腰带,因此又有"金腰带"的别称。

冬寒未消,一丛丛一簇簇金色的小花碎金一般撒在山崖水畔和城市的绿化带里,让人眼前一亮。冬末春初萧瑟的北方尤其如此,北京的友人说,每年一蓬蓬金灿灿的迎春花一开,心里就亮堂起来,真切地感到春天来了。

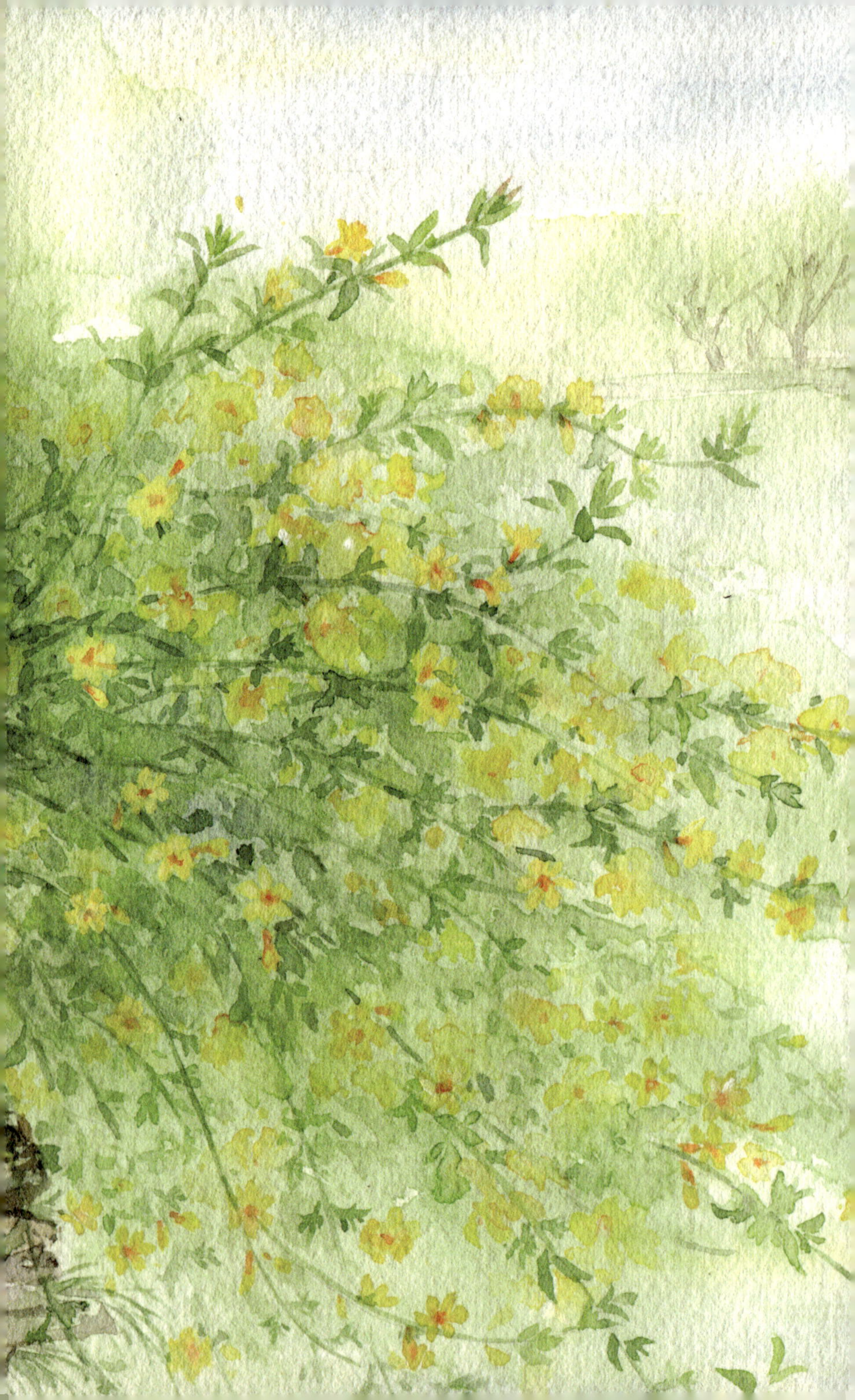

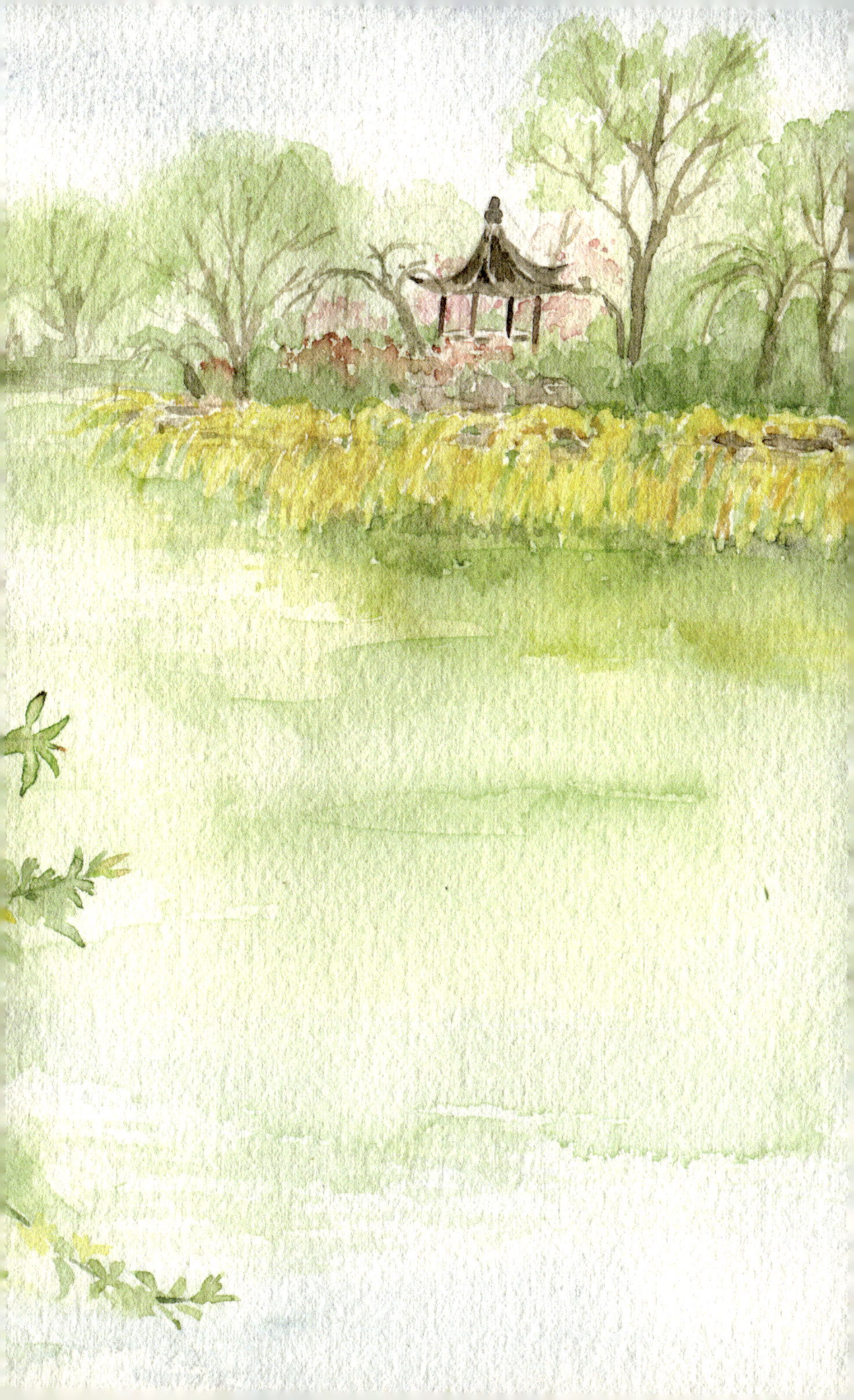

"幸与松筠相近栽，不随桃李一时开。杏园岂敢妨君去，未有花时且看来。"我一向认为借花喻人其实与花草本身无关，但"未有花时"的确是迎春花开花的时节。而我更喜欢清代王照圆的《簪迎春花》，"迎暖分金蕊，横钗映鬓斜"，把金黄的迎春花簪在鬓边来迎接春天，这情景光是想象都让人心生欢喜。

我曾采过野外的迎春花枝，回家插在盛满清水的花瓶里，枝上的花朵持续开放，给房间里带来不少春意。迎春也可栽种为盆景。友人种过一盆迎春，深褐的紫砂盆、浅褐的枝干，配上明黄的花朵，看上去既雅致又精神。我问他种植的窍门，他告诉我要用疏松的沙质土，把花放置在阳光充足、通风良好处，水不能浇得太多。那株花看起来是直立的，与花坛里低垂的大丛迎春大异其趣，他说那是时常修剪，把下垂弯曲的枝条剪除的缘故。

■

要用疏松的沙质土，把花放置在阳光充足、通风良好处，水不能浇得太多。

迎春花盆景

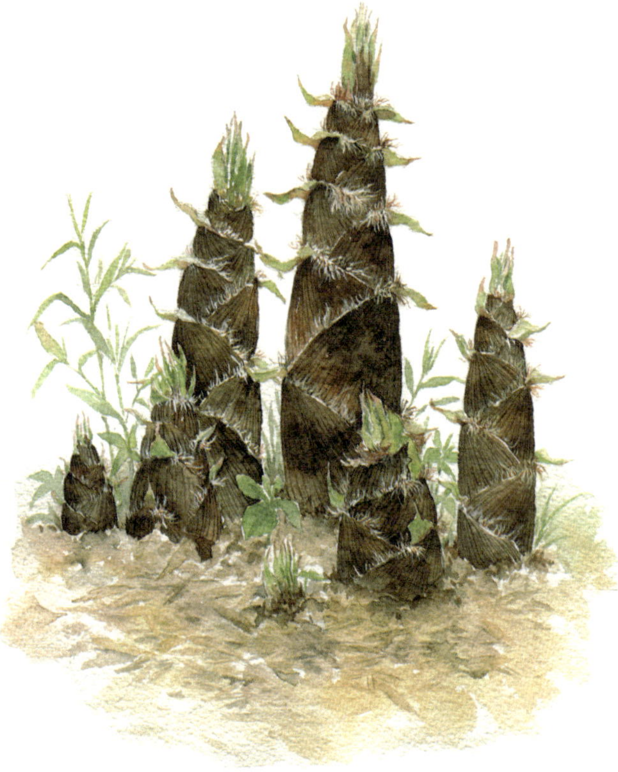

02

笋

禾本科的竹从土里长出的嫩芽

喜温怕冷,需要土层深厚,土质疏松、肥沃、湿润,排水和通气性良好的土壤。原产热带、亚热带。

味鲜美,可以做菜。食用部分为初生、肥嫩、短壮的芽或鞭。

凌云一寸心

"春吃芽",初春的香椿、马兰头、枸杞头、豌豆苗莫不如是。竹笋吃的也是竹子的新芽。《尔雅·释草》将笋释为"竹萌"。

中国人食用竹笋的历史极为悠久,《周礼》有"加豆之实,笋菹鱼醢"的记载,《诗经》中也有"其蔌伊何,惟笋及蒲"这样的诗句。寒冷的北方鲜笋难得,晋代戴凯的《竹谱》中也说竹笋"质虽冬蓓,性忌殊寒。九河鲜育,五岭实繁"。

我记得以前读过一个笑话,说有个南方人请北方人吃饭,北方人不认识笋，南方人跟他说是竹子，结果北方人回家把席子劈开煮了。以前上海人弄堂里的小孩不听话就有吃"竹笋烤肉"之虞，那时家家户户都有竹扫帚、鸡毛掸子和细竹条，大人随手抓来就可以让孩子吃顿皮肉之苦。"竹笋烤肉"并非佳肴，而是南方市井的黑色幽默。

北方少竹，而江南、华南竹子繁茂，魏晋南北朝"衣冠南渡"，南方文人开始掌握话语权后，赏竹、吃笋逐渐成了文人雅事。"青青竹笋迎船出，日日江鱼入馔来"，杜甫的白描一向很有画面感。白居易《食笋》中的"紫箨坼故锦，素肌擘新玉"也极美。杨万里的"绕齿蔌蔌冰雪声"描述的则是食笋的脆响。李商隐感慨"皇都陆海应无数，忍剪凌云一寸心"，李渔则把竹笋提到"蔬食第一品"的高度，他在《闲情偶寄》中写道："菜中之笋与药中之甘草，同是必需之物，有此则诸味皆鲜……"

竹笋含有大量游离氨基酸，味道自然鲜美，但若处理不当，吃起来也会有麻嘴的涩味。笋的涩味来自它所含的单宁和草酸，不过这两种物质都溶于水，焯水可以在一定程度上降低它们的含量，尤其是用淡盐水煮。鲜笋不耐久存，在空气中暴露的时间越长，木质素和纤维素积累得越多，口感就越硬。

宋人赞宁所著的《笋谱》中记载过一种笋的制法，就是把整个带壳的笋放在糖灰中煨熟。南宋林洪善诗文书画，对饮食和园林也颇有研究。他撰写的《山家清供》一书中收录了许多以山野时鲜、水果蔬菜为原料的食谱。《山家清供》里有一道"傍林鲜"，做法是扫竹叶就林边将笋煨熟，想来应该是最大限度防止笋肉和空气接触。

不久前去湖州的顾渚村游玩，当地有家饭店，老板是位颇有些自恋的美食达人，餐厅里长时间滚动播放以他为主角的美食短片。这些时令美食里，野生黄鳝、大闸蟹和猪头糕都没有让我过于动心，唯有春天竹林煮笋这一段令我羡慕不已。只见他用随身携带的小铲刀挖出几只嫩笋，剥去笋壳，在山泉水中洗净切块，空地上用三块石头垒个柴火灶，就地架起小锅烹煮，所用调料只有一点油、盐和酱油，炒好的笋白生生的，笋肉上敷着一层红亮的诱人光泽。

立春过后，竹芽破土而出，这个时节的笋称作"春笋"。春笋刚出土时生长较慢，但一场春雨后便会加速生长。唐代李贺诗云："更容一夜抽千尺，别却池园数寸泥。"我曾在临安东天目山脚下的梅家村听过春笋的响动。夜里静谧的竹林里传来隐约的"啪啪"声，民宿的主人告诉我那是春笋撑开竹箨和拔节的声音。第二天清早去园里探视，竹笋果然比前一日蹿高了不少。

春笋一旦探出地面就开始纤维化，长成二三十厘米时是最佳采摘期，过时便粗硬得不堪食了。吃笋就是与时间赛跑，常年生活在钢筋水泥森林里的都市人无法去竹园里掘笋，只能练就去菜场挑选好笋的本事。春笋以笋壳嫩黄、有细细茸毛者为佳，笋节要密，形状要矮胖略弯。有人还会悄悄用指甲掐一下笋根，一掐即破且有汁水的，就是新鲜的嫩笋。

经过春雨润泽的春笋水灵脆嫩，油焖、清炒、煨炖都好吃。油焖春笋做法简单，笋去壳切滚刀块或用刀背拍松切小

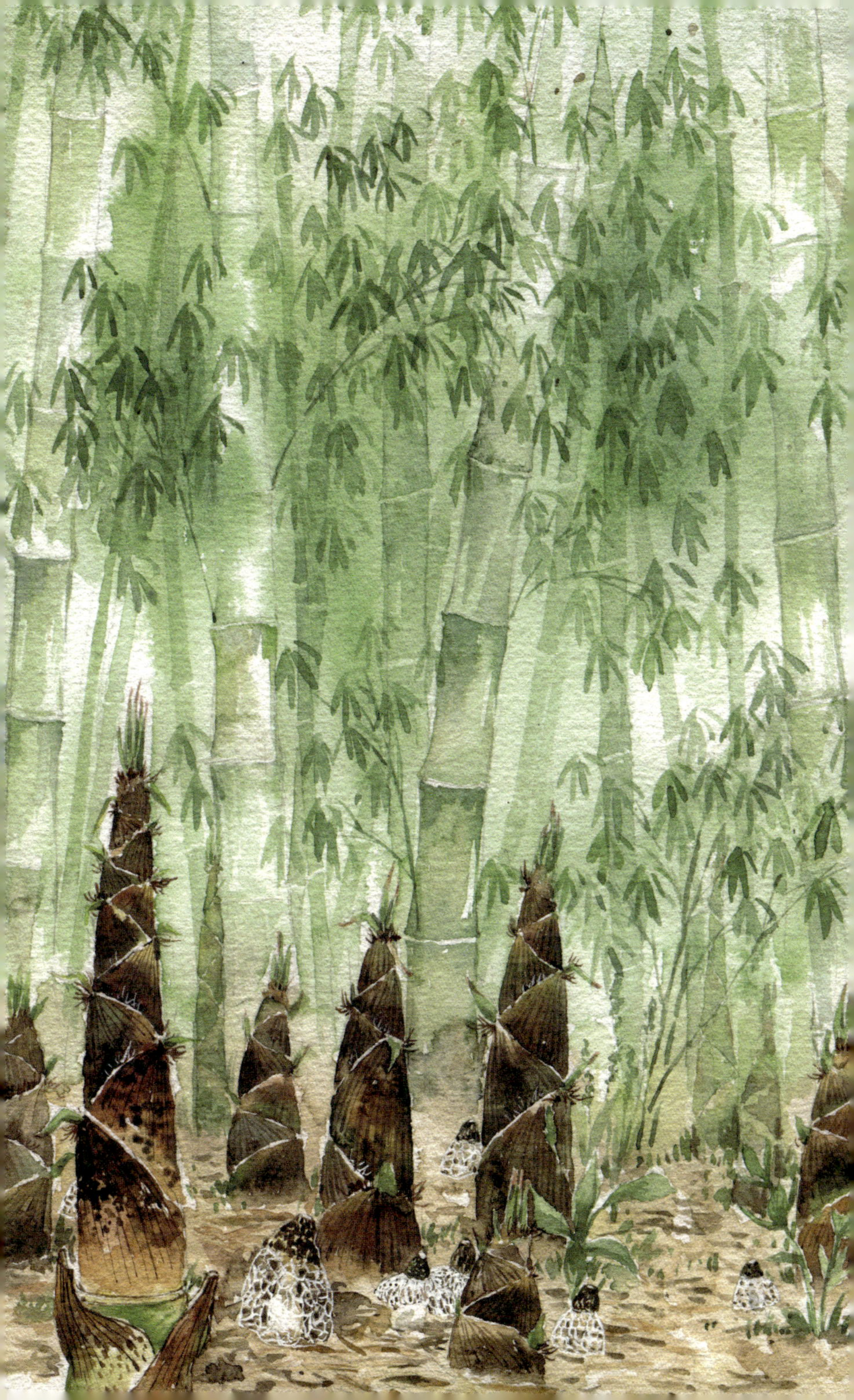

段，焯水后沥干。起油锅，油要多放一些，春笋不太吸油，但油多了笋才嫩。油热后放入春笋大火煸炒，调入糖、生抽，加点水焖熟后收汁即可。

鲜笋入馔，最让江南吴越人魂牵梦萦的要属"腌笃鲜"。这道菜用咸肉或咸蹄髈与新鲜排骨慢火炖熟，再加入鲜笋。"笃"是方言，意思是小火慢炖。按照《舌尖上的中国》里的说法，腌笃鲜是"时间最短的最新鲜的食材，和时间最久最陈旧的味道在一起"碰撞出的美味。咸肉的香、鲜肉的鲜和笋的清新相得益彰。腌笃鲜里的笋，也有人用冬笋。冬笋肥腴鲜美，春笋清香脆嫩，各有各的好。

作家钱红丽的《四季书》写到笋："去菜市，冬笋上市了。一根根黄袍加身，不用问价，必奇货可居。我还是倨傲地走过去了。心下安慰，还是等春笋吧，我们家的排骨汤里也不缺这一味。"读到此处不由得笑了起来，文人的自傲和悻悻然真是可爱。

春笋有时不必独挑大梁，起个点睛的作用就很妙，杭州人引以为傲的"片儿川"里的春笋片就是一个很好的例子。宁波人擅烹海鲜,浙江沿海居民开春翘首以盼的第一批鲜鱼里的马鲛鱼,宁波人叫它"鳕鲳",当季的鳕鲳切段,搭配雪里蕻和春笋丝同蒸,味道令人垂涎。

每年我都会赶在最好的季节大啖春笋,仿佛不这样就对不起这天赐的美味。临安、武夷山、成都明月村的笋我都买来吃过。春末去江浙山里游玩,有时还会在农家吃到一种颜色碧青的小笋,和雪菜或肉丝同炒,味道十分鲜美。手指粗细的笋,半篮子只够炒一碟,农人说是山里的野笋。他们剥笋的手势娴熟漂亮,将笋尖的竹衣一揉,分出一半,再反过来一绞绕几圈,一半笋皮就剥下来了。

我也见过山民制笋干,盐水焯熟的笋出锅切薄片,然后平铺在竹匾上暴晒。江南人爱吃的细长的"扁尖"也是笋干,是鲜笋在盐水里煮过再用炭火烘焙而成的。浙江天目山的扁尖最有名,夏日里用来烧冬瓜汤或老鸭汤极好。

用咸肉或咸蹄髈与新鲜排骨慢火炖熟，再加入鲜笋。"笃"是方言，意思是小火慢炖。

腌笃鲜

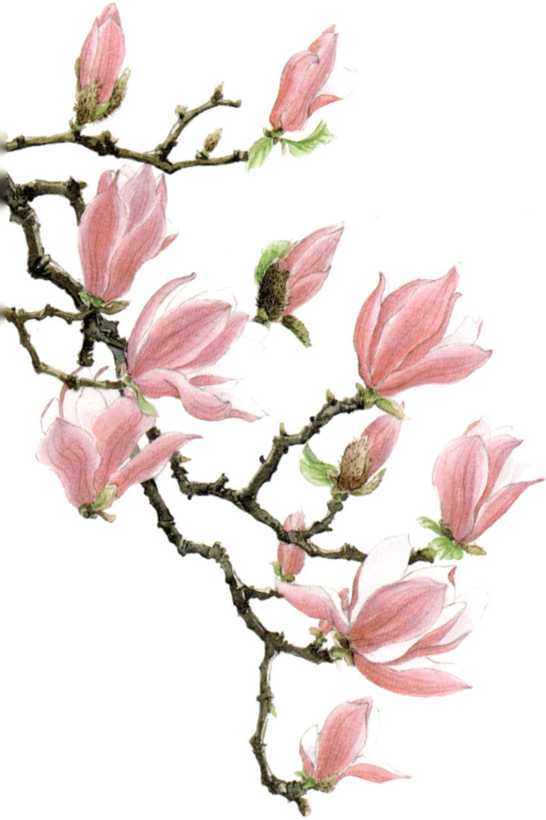

03

玉兰

木兰科、玉兰属落叶乔木
花期 2—3月
果期 8—9月

喜阳,稍耐阴。有一定耐寒性。
木材可供家具、细木工等用;花含芳香油,
可提取配制香精或制浸膏;花被片食用或用
以熏茶;花蕾可入药;种子榨油供工业用。

花似玉，香如兰

"桃始夭、玉兰解、紫荆繁、杏花饰其靥。梨花溶。李花白。"这是明人程羽文《花月令》里记载的农历二月花事。

早春时节，玉兰树的枝头上冒出棕褐色、毛茸茸的花蕾，春天的脚步就近了。日益饱满的花蕾渐渐挣脱苞片的禁锢，开成了莹白的花朵。玉兰对温度十分敏感，周瘦鹃在《但有一枝堪比玉》中写道："我们搞园艺的，往往把玉兰当作寒暑表，每年春初见玉兰花开，就知道不会再有冰冻，凡是安放在室内的盆树盆花，都可移出来了。"

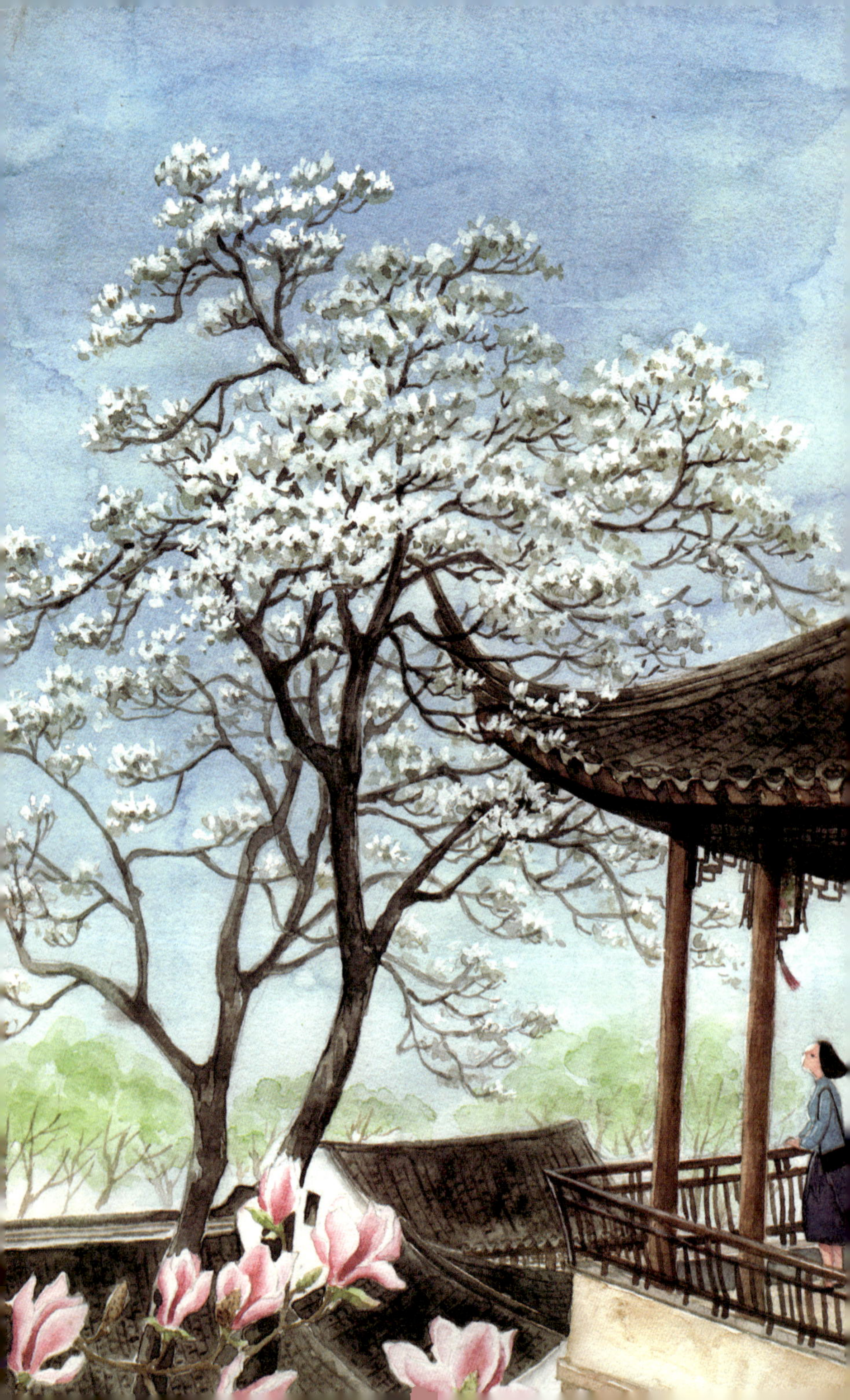

03 玉兰

记得小时候家里有本挂历,其中有一张就是玉兰,一树硕大的白花开在瓦蓝的天空下。那时并没有什么审美意识,但还是觉得震撼,问大人那是什么花,答曰"白玉兰"。这名字在我心里留下了极深的印象。但直到我来了上海,才得以见到白玉兰的真容。

玉兰初开时如玉卮,盛放时如果有风,又像一树簌簌飞动的白鸽。在阳光下白得炫目,夜里则泛出明月般温柔的光泽。每次见到盛花期的玉兰,我都会想起"十万狂花如梦寐"这句诗来。

玉兰自古都是一种吉祥的花,在苏州的园林和门楼院落中,左玉兰右海棠寓意"金玉满堂"。高大挺拔的玉兰树,无论种在园林还是街心公园都合宜。初春在江浙的园林里闲逛,恰逢玉兰花开,白墙黑瓦将玉兰衬得格外端丽。

杭州的朋友告诉我,当地看玉兰的秘境是植物园附近的玉泉路,花繁人少,路口就是林风眠故居。北京城的友人则喜欢沿着长安街看玉兰,她说大觉寺的玉兰也好,因为坐落在山间的缘故，花期比城里略迟。

《群芳谱》里说玉兰花色白微碧似玉，香味如兰，所以叫玉兰。玉兰的别名有望春花、玉堂春、白玉兰等。望春花和玉堂春道出了玉兰的花季和贵气，而白玉兰顾名思义，说明它的颜色是玉白。

玉兰原先洁白的花被片往往在凋落之前就开始褐化，落地后花瓣差不多都成了铁锈色。张爱玲在《私语》里对白玉兰有过批评，说它"大白花一年开到头，从来没有这么邋遢丧气的花"。白玉兰开久了的确有点落魄相，但"一年开到头"这种说法颇让人感到疑惑。白玉兰的花期很短，绝无可能开足一整年。也许是她当时被父亲囚禁，心境阴郁惨淡度日如年，对时间的感知有些错乱，或者她错把广玉兰误当成白玉兰。

广玉兰也是一种高大的乔木，开白色的大花，花被片同样会褐化。但张爱玲分明是认得白玉兰的。在《忘不了的画》里，她如此写道："最使人吃惊的是一张白玉兰，土瓶里插着银白的花，长圆的瓣子，半透明，然而又肉嘟嘟，这样那

03 玉兰

样伸展出去,非那么长着不可的样子……另有较大的一张,也有白玉兰,薄而亮,像玉又像水晶,像杨贵妃牙痛起来含在嘴里的玉鱼的凉味。"白玉兰的色泽和莹润的质地写得传神,最后那个比喻的通感也极妙。

容易和玉兰混为一谈的还有白兰,因为在有些地方,这两种花在日常生活中都被称为"白玉兰"。玉兰花形如酒杯,白兰呈披针形。玉兰花期短,白兰可由春开至秋。玉兰一般适宜观赏花树或插瓶,白兰可佩戴在身上。

在苏州、上海,夏日里路边常有卖花人将白兰和茉莉花串摆在铺着蓝布的竹篮上售卖。有位上海女子曾跟我说,她小时候母亲教她把白兰包在清水浸湿的手帕里,这样隔天花朵不会变黑,颇有一种惜物的细致和小家碧玉的温情。

玉兰花可制香露,用于茶、酒或糕饼。花瓣则可裹上调好的面糊油炸,或者用蜜浸。古人食花的方法不外如是。

作家蓝紫青灰自己揣摩了一个别致的吃法:"肉糜加姜末加调味品搅匀,玉兰花瓣浸淡盐水洗净切丝拌入,团丸,蒸熟取出；撒少许花瓣丝点缀其上，原汤加热淋上。以玉兰花之清雅辟肉丸之厚重，有春之色，兼春之味。"

花瓣则可裹上调好的面糊油炸，或者用蜜浸。古人食花的方法不外如是。

油炸玉兰花

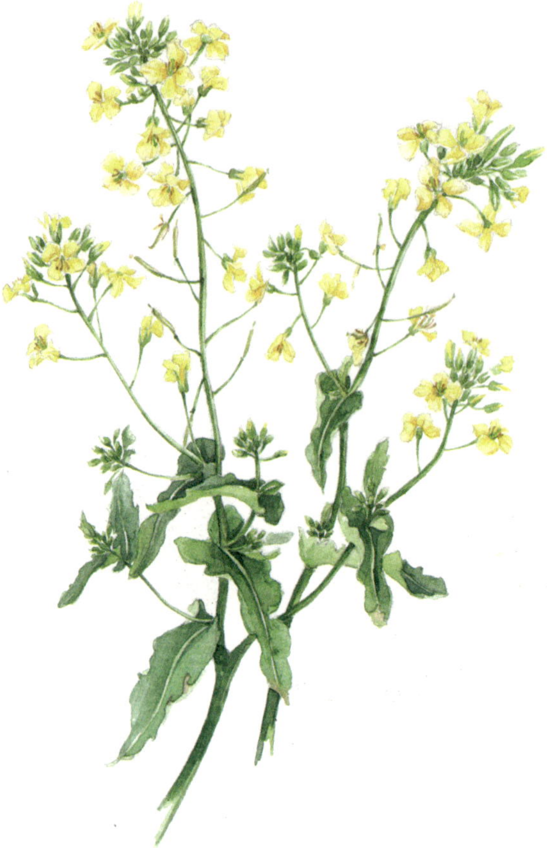

04

油菜花

十字花科一年生草本植物
花期 3—4月
果期 4—5月

别名芸薹。性喜冷凉或较温暖的气候。原产地在欧洲与中亚一带。嫩茎叶可作蔬菜，花粉含量丰富，可酿蜜，种子含油量高，可榨油，具有重要的经济价值。

压畦春露菜花黄

任何一种花，只要汇成花海都很壮观。金黄的油菜花海更是流光溢彩，那金色太过璀璨，让人几乎有点眩晕。

每年春天一到，总会有人在微博上询问油菜花的花讯，评论里的回答七嘴八舌：徽州快了，无锡尚早，而云南罗平坝子的油菜花已经开谢。早早勾动人们春心的，有时并非桃李，而是这由南朝北野火一样燃烧的金色花朵。

江西的友人邀我去婺源看油菜花海。她发来的照片我一直收藏在手机里。那些高低错落不规则的梯田线条曲折，形

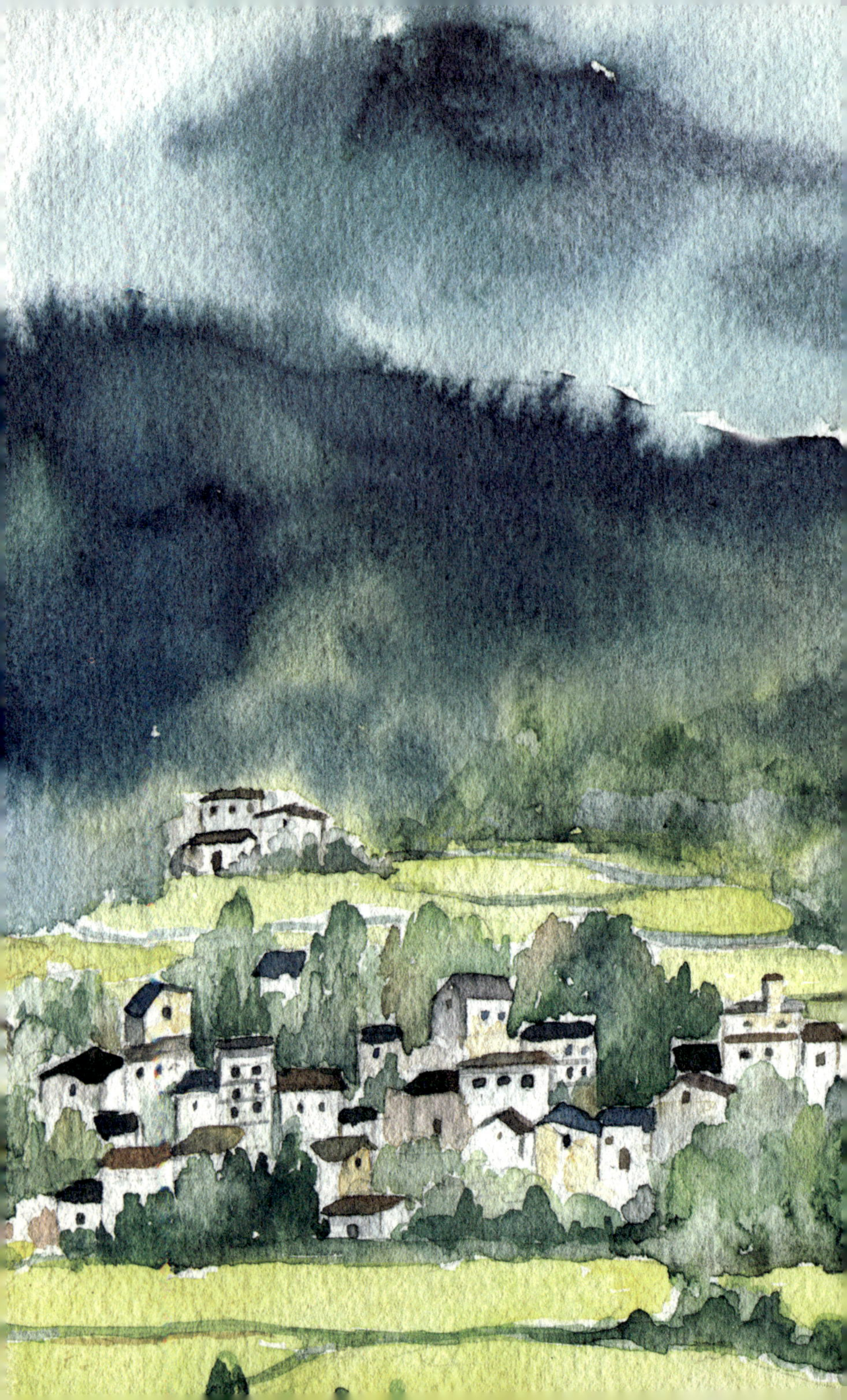

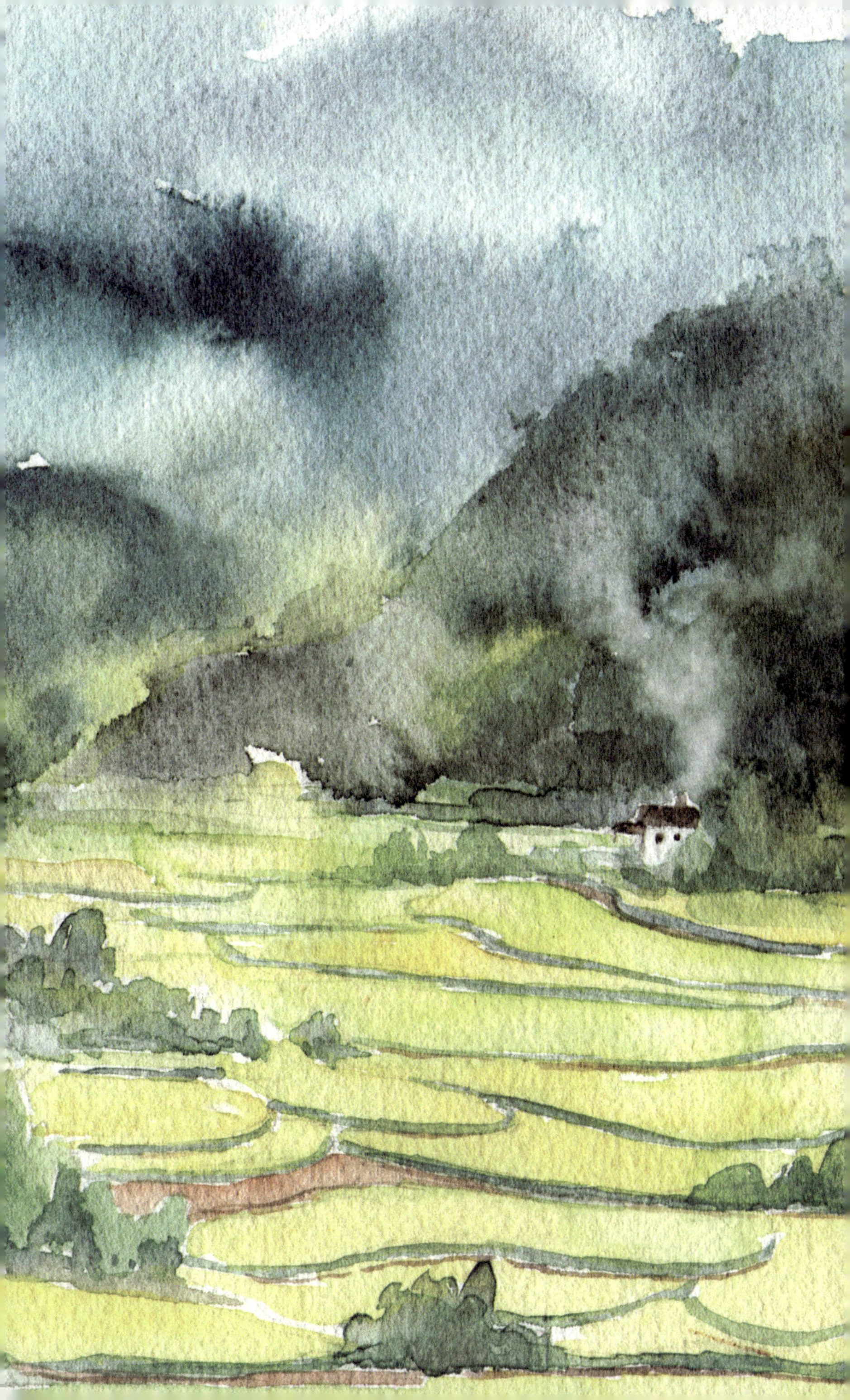

成了层层级级金黄的花环。近处是一畦畦一垄垄黄绿相间的菜花，远处是白墙黑瓦，再远则是黛青的群山。其中有一张拍到了炊烟，那画面分明是"暧暧远人村，依依墟里烟"的写照。我很喜欢这张照片，因为它拍出了油菜花的日常生活气息。

油菜花不是园林或厅堂里的花，从本质上来说油菜是一种农作物，它的审美价值是衍生的，也正因为如此，它的美毫无矫饰的成分。唐朝齐己的"吹苑野风桃叶碧，压畦春露菜花黄"，宋代杨万里的"儿童急走追黄蝶，飞入菜花无处寻"，描绘的都是乡野春光。

可惜婺源的油菜花太过出名，我总下不了决心去凑热闹。人山人海的赏花活动，在我看来近乎一种行为艺术。友人告诉我，近些年油菜花一开，江岭的民宿便挤满了观光客，狭窄的乡道上车子堵得像停车场，平时半个小时的车程变成了两小时。最佳的摄影点天不亮就有扛着专业摄影器材的人在那里蹲守。据说江苏兴化的垛田油菜花也相当值得一看，河港纵横泛舟赏花，听起来让人心动，然而还是得扎在人堆里

04 油菜花

看花。

我就这样错过了一季又一季的油菜花,直到我与它在青海邂逅。然而我看的已不是春花而是夏花了。那年盛夏其实我是奔着青海湖去的。我和同伴开着车在青海湖边转悠,忽然看见连绵的油菜田,一望无际的金色花田在我们眼前铺展开来,简直让人猝不及防。

渐渐地,我感觉自己就像奔驰在一幅画里。蔚蓝的天幕、巍峨的祁连山、清澈的湖水,油菜花田则是大自然这个画家失手打翻了明黄颜料,就势涂抹上去的。在江南看起来柔婉的油菜花,到了西北呈现的则是热烈恣肆的美。

在杭州看油菜花也是巧合。有一年去游人不多的玉皇山闲逛,恰好八卦田里的油菜花开了,从山顶的紫来洞俯瞰八卦田五彩的"八卦",心头泛起一阵模糊的感动。春天万物生长,人的心情也会应时应景地欢欣起来。

八卦田位于玉皇山南麓,八卦中心的太极圈里种植龙井茶、火棘、红叶李以及时令花卉,保证常年的基准色调,八块田地则按季节分别种植八种不同的庄稼。每年冬天，八卦田都会绕着外圈种一整圈油菜。春天一到，田里油菜花开，给八卦田镶上一道金边，极有春天气息。

杭州人八卦田赏油菜花的习俗由来已久。"宋之籍田，以八卦爻画沟塍，圜布成象，迄今犹然。春时，菜花丛开，自天真高岭遥望，黄金作垺，碧玉为畴，江波摇动，恍自《河洛图》中，分布阴阳爻象。海天空阔，极目了然，更多象外意念。"明代文人高濂的《四时幽赏录》中的"八卦田看菜花"，记录的就是此地的美景。

从早春到仲夏，由南次第向北开的油菜花成了重要的观光资源，《中国国家地理》曾根据不同时令和地域绘制过中国油菜花观赏旅游线路图。油菜花色明丽，但看久了难免觉得有些单调，于是农业专家开始着手培育多种花型和颜色的油菜花。

前两年我看报纸，其中有一篇《江西农大教授种出38色油菜花》给我留下了深刻的印象。那位年轻的教授培育的油

04 油菜花

菜花颜色达到三四十种,其中稳定花色有二十多种,橙色、红色和紫色的油菜花色泽亮丽。这些高颜值的油菜花不仅极富观赏性,产油量也不低于普通油菜。

成片的油菜花耀眼夺目,单株的也纤巧可爱。油菜笔直丛生,青绿色的茎秆泛着淡淡的银光。油菜花是总状花序,四枚精致的花瓣呈十字形排列,齐齐地环绕着花蕊。油菜花粉丰富。有一次我买了一把油菜薹,随手抽出一把顶端有花蕾的插在玻璃杯里,第二天赫然发现杯子四周落了一层金灿灿的花粉。

我也曾见到过乡间的孩童沿着田埂奔入油菜花田深处,出来时染了一身花粉的模样。油菜成片开花时香气浓郁,引得蜂蝶飞舞,给花田增添了不少灵性和生气。好的油菜花蜜就像厚重的猪油,白亮亮的。油菜花开过之后,果荚里结满种子,风大的时候种子被摇得"沙沙"作响。

有一年初夏,我在苏州旺山的一座寺庙里,看见天王殿两边的地上铺满油菜秆,果荚已成熟开裂,露出黑紫色的油菜籽，想来是等着晾干收菜籽。起初觉得有点诧异，后来在寺庙后院看到菜地和瓜棚豆架才恍然大悟。江南多雨，天王殿既挡雨又通风，用来晾晒农作物的种子菩萨想必不会怪罪。

油菜是重要的油料作物，嫩茎叶可当蔬菜食用。油菜薹入菜，最常见的做法是煸炒。炒菜薹最好是用荤油，大蒜炝锅急火翻炒，成菜颜色碧绿，入口微苦清鲜。相熟的菜场摊主告诉我，菜薹嫩茎顶端的花苞将开未开时吃口最好，菜花一旦盛开菜薹就老了。苏州人以前有把开过花的老菜秆暴腌，夏天蘸虾子酱油的吃法，据说风味极佳。

清炒油菜薹

大蒜炝锅急火翻炒,成菜颜色碧绿,入口微苦清鲜。

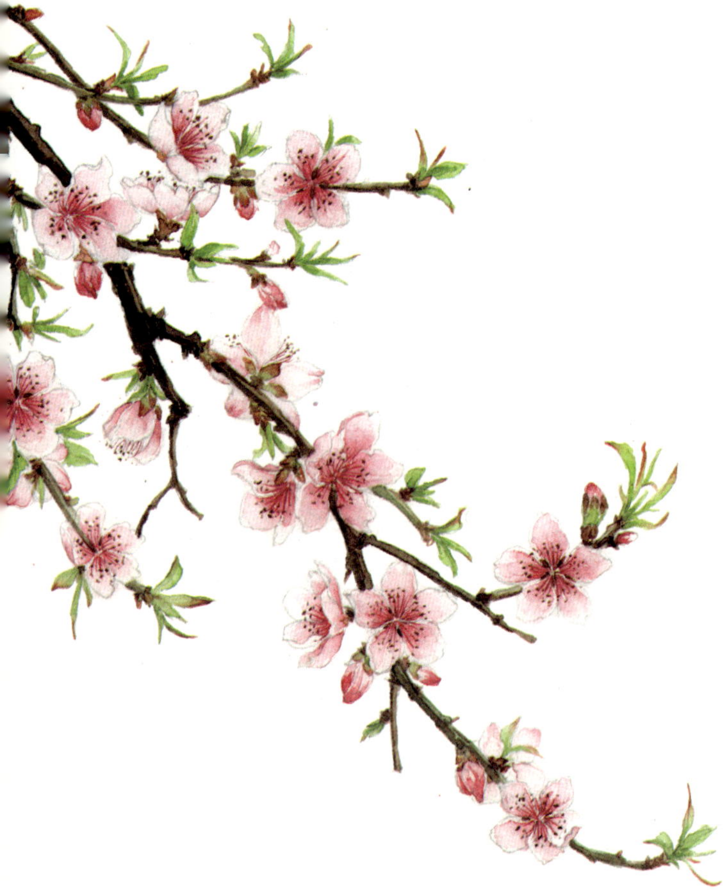

05

桃花

蔷薇科桃属落叶小乔木
花期　3—4月
果期　6—9月

性喜光，喜排水良好，耐旱畏涝。原产于我国中、北部。主要分果桃和花桃两大类。桃树形态优美，枝干扶疏，花朵色彩艳丽，是早春重要观花树种之一，具有很高的观赏价值。桃花可入食，也可入药。

夭桃世上花

桃树原产中国,有三千年以上的栽培历史。《诗经》里的"桃之夭夭,灼灼其华","夭夭"是树木茂盛,"灼灼"形容花朵色彩亮丽,人们用春日里灿烂的桃花作比兴,祝福新婚的女子和她的夫家。

桃主要分果桃和花桃两大类,花桃主要用来观赏,因此也叫"观赏桃"。许多人对桃花的印象是单瓣粉色花,花开后会结桃子。其实,桃花的花色除了粉红,还有白、粉紫、深红、浅绿等,一株桃花上的花朵也有花色相异的。

小时候我家后院种了一棵桃树,那是一棵开单瓣粉红花的单粉桃,也就是我们在公园里最常见到的桃花品种。后来去姑姑家,看见一棵开满纯白花朵的花树,父亲说那是碧桃,我便疑心他是信口开河。因为它开的是白花,而且名字里居然还带着个毫不相干的"碧"字。

桃花的花瓣和花型也多种多样,除了单瓣型,还有铃型、梅花型、月季型、菊花型和牡丹型。我在上海植物园第一次看到菊花桃时觉得很新奇,它的花瓣繁多、狭长,花型真的有点像小型的菊花,大大颠覆了我对桃花的认知。还有一棵长成圆锥状的花树,开满复瓣粉色花,若不是看到牌子上写着"照手粉桃",几乎不敢认它是桃花。

桃花的主色调是粉红,开得繁盛时整个枝条上缀满花朵。不喜欢桃花的人便说它开得过于闹腾。在我看来,花是自然之物,繁艳或清纯各有各的美,并无高下之分。桃花很妙,它活泼明媚,既可以用来祝福新人,映衬人面之美,同时又兼具恬淡之气。

05　桃花

《桃花源记》里写道:"忽逢桃花林,夹岸数百步,中无杂树,芳草鲜美,落英缤纷……土地平旷,屋舍俨然,有良田、美池、桑竹之属。"试想想,把"桃花"换成杏花、梨花或李花,是不是感觉有点不搭调?桃花源并非没有人间烟火的仙境,只是理想中的隐逸之地,桃花的气质与它最相符。"人间四月芳菲尽,山寺桃花始盛开"里的桃花,与熙熙攘攘的红尘也有着恰到好处的疏离感。

友人知道我喜欢花,春日里去爬长城,特地拍了那里的山桃花给我看。山桃是北方最早开花的野生树种之一,盛开的山桃远看是片粉色的烟云,与沧桑的长城互相映衬,给人的感觉并非甜美,而是眼前一亮,知道春天已经来了。

惊蛰三候,"一候桃始华"。每年寒冬一过,我就惦记着去杭州看看"苏堤春晓"的景致。苏堤环湖遍垂柳、碧桃、海棠等花木。"西湖美景六条桥,一株杨柳一株桃。"对我来说,倘若没有去苏堤上看过桃花,那个春天就没有过完整。

杭州人也极爱西湖边的桃花,季节一到就有热心人密切

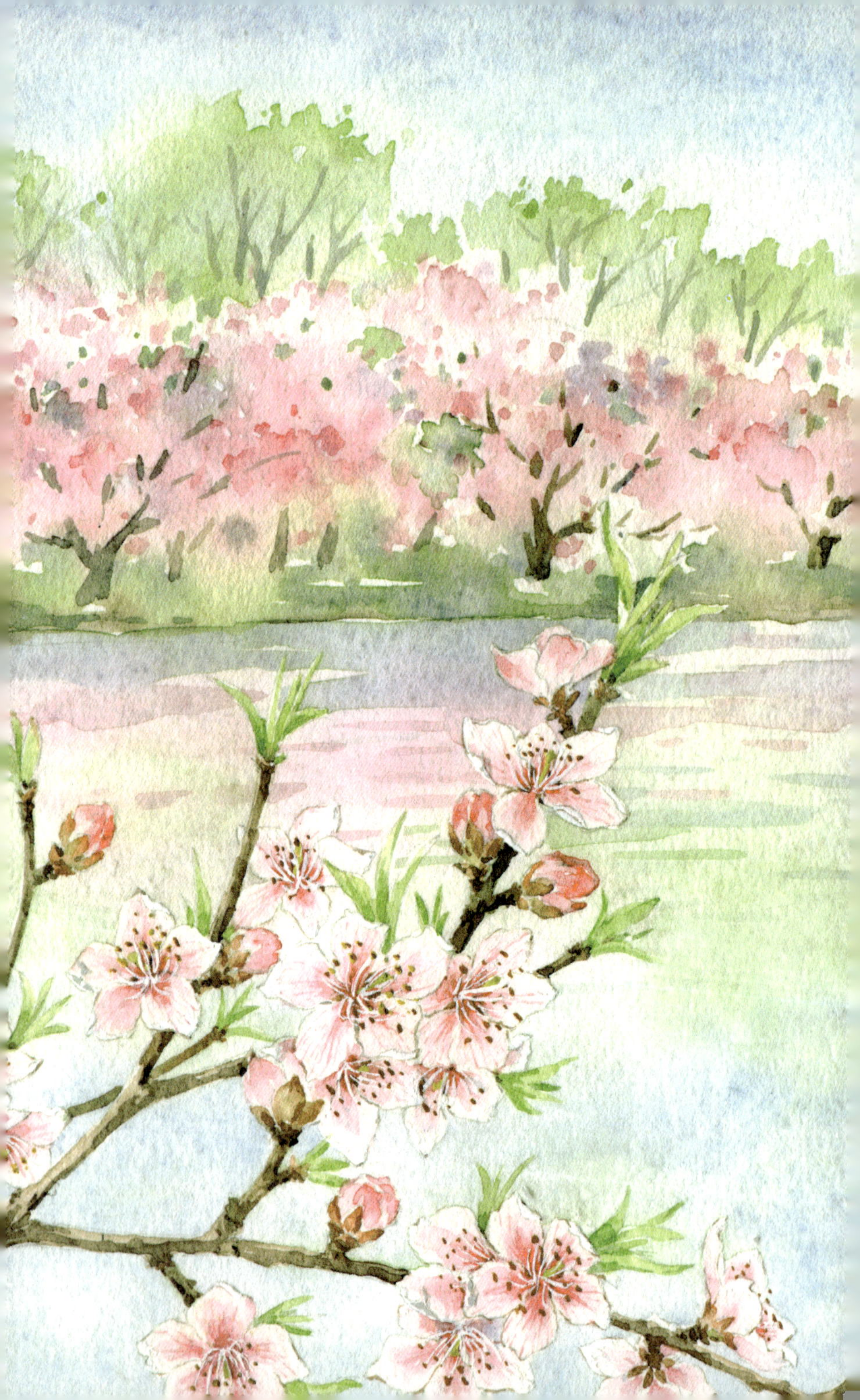

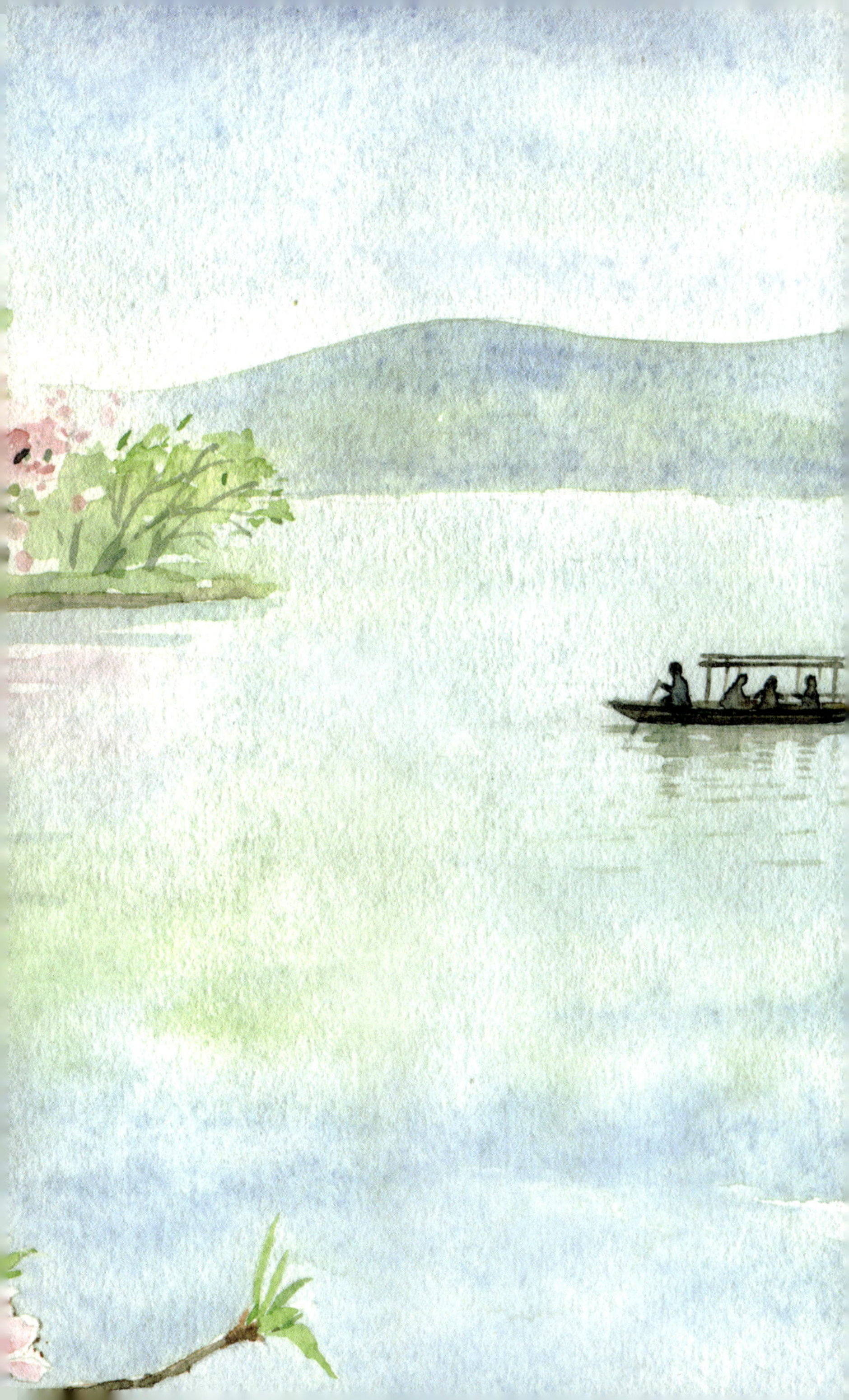

关注,发现最早开放的桃花,立即告知当地媒体。供职于杭州《都市快报》的友人告诉我,他们每年都会为西湖边的第一朵桃花做专题报道。上海植物园我也常去,那里的桃花园桃花品种多,既可以赏春,又能多认识几个品种。除了常见的单粉桃和白碧桃,我在那里还欣赏过寿星桃、菊花桃、满天红、粉花山碧桃、朱粉垂枝桃、鸳鸯垂枝桃、红雨垂枝桃……

岭南人过年前有"行花街"的习俗。春节年花里,桃花尤其是红色的桃花很受欢迎。粤语中"红桃"与"宏图"谐音,在家里摆上一株红色的桃花,有新年行大运、桃花运的好意头。即便只是欣赏,姿态优美、花期能覆盖整个春节的桃花也是年花的好选择。

近几年上海的花店里也有大枝的桃花卖了,木本的花气势非凡,十足的春天气象。现在物流便捷,在网上买单枝的桃花也不难,我买过几次单粉桃,收到时桃花的花蕾还裹得紧紧,养在清水里,隔天就开出娇美的花朵来。

"桃花难画,因要画得它静。"这是胡兰成《今生今世》

05 桃花

开篇第一句。疏朗安静的桃花显得秀逸含蓄。朋友搬了新家，我陪她去田子坊，挑了一幅清代石涛的《桃花图》高仿画。画里桃花的花朵和枝叶完全不加勾勒，设色柔和清丽。题画诗云："度索山光醉月华，碧空无际染朝霞。东风得意乘消息，变作夭桃世上花。"石涛曾在《题桃花册》里写过"笔含春雨写桃花"，这桃花也有雨湿的润泽感。

桃花可入食、入药。《神农本草经》里说桃花"令人好颜色"。桃花用白酒浸泡可制成桃花酒饮用，还可加入白芷，有祛斑养颜的作用。桃花茶用的是干制的桃花。桃花粥则是用干桃花、粳米文火煨成粥，粥成时加入红糖即可。

| 桃花茶 |

桃花可入食、入药。《神农本草经》里说桃花"令人好颜色"。

桃花茶用的是干制的桃花。

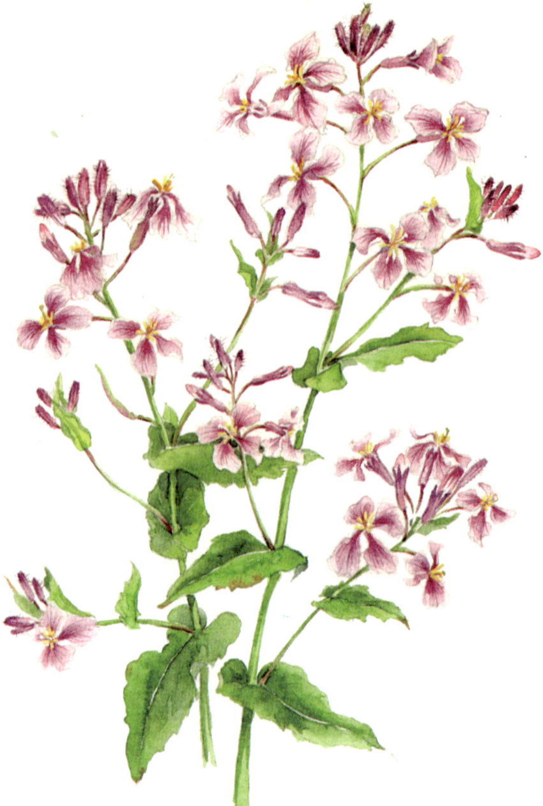

06

二月兰

十字花科诸葛菜属一年或二年生草本植物
花期 3—5月
果期 5—6月

性喜光，耐寒，适应性强，对土壤要求不严，酸性土和碱性土均可生长。多生于草地、平原、山坡、路边、阴湿山林等处。
嫩茎叶可食，种子可榨油。

紫雾

初春,上海共青森林公园树林里的二月兰开了,远远望去就像一片紫色的海洋。

季羡林先生的《二月兰》将这种野花写得灵气十足。"宅旁,篱下,林中,山头,土坡,湖边,只要有空隙的地方,都是一团紫气,间以白雾,小花开得淋漓尽致,气势非凡。紫气直冲云霄,连宇宙都仿佛变成紫色的了……""紫气"这个词古人用来形容宝光和祥瑞之气,但用在二月兰这样的野花上,居然也十分恰当。

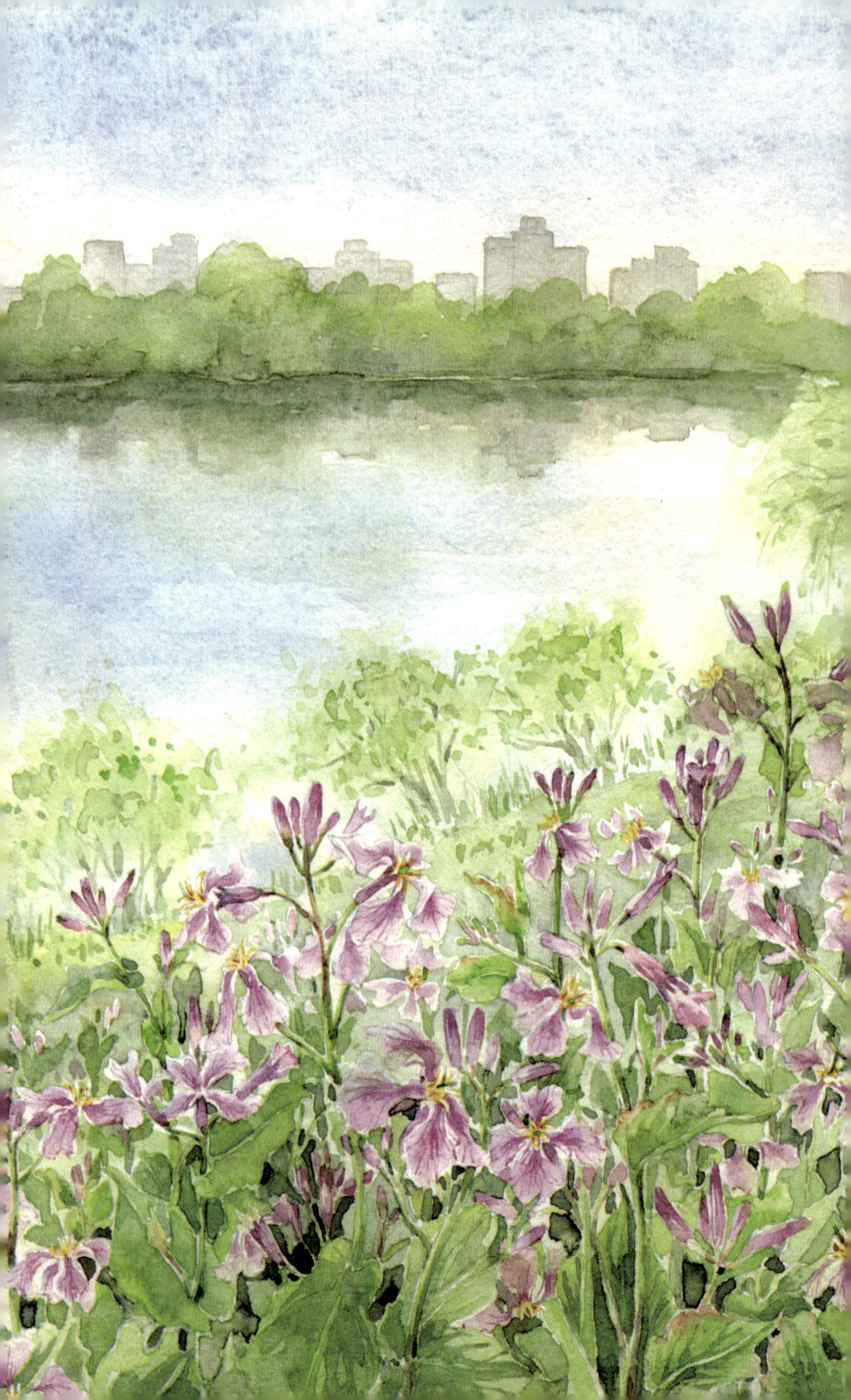

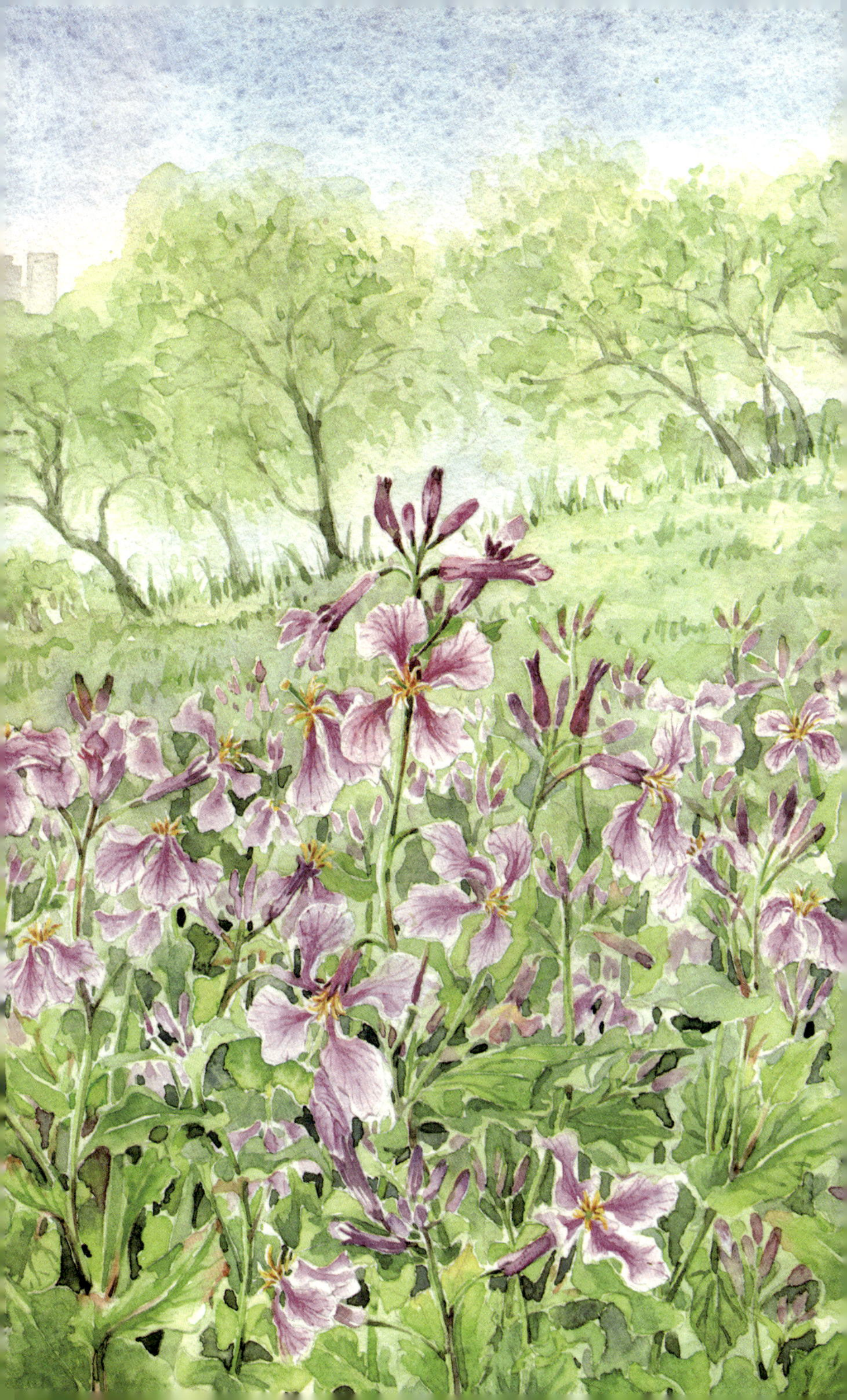

二月兰属于十字花科。顾名思义，十字花科植物的花有四枚花瓣，开放时呈十字形。人们日常所食的白菜、油菜、萝卜、甘蓝、芥菜都属十字花科。早春野地里常见的紫色小花，除了二月兰，还有早开堇菜和紫花地丁，但二月兰端庄的十字形紫色花朵一般不会有人错认。

"二月兰"是诸葛菜的别称。在民间传说里，诸葛亮率军出征时曾以二月兰的茎叶为菜，后来将其作为军粮广为种植。二月兰的嫩茎叶确实可当作蔬菜食用，但时令极短，似乎不适合作为军粮。

明代张岱《夜航船》里的诸葛菜是蔓菁："诸葛武侯出军，凡所止之处，必种蔓菁，即萝卜菜，蜀人呼为诸葛菜。其菜有五美：可以生食，一美；可菹，二美；根可充饥，三美；生食消痰止渴，四美；煮食之补人，五美。故又名五美菜。"

蔓菁的外形有点像萝卜，但与萝卜同科不同属。古代北欧冬季青黄不接的时节，蔓菁就是人们过冬的主要食物，土豆是新大陆发现后才传入欧洲的。或许因为二月兰和蔓菁同科,基生叶也都是大头羽状分裂,因此古人便将二月兰与有"诸葛菜"之称的蔓菁混为一谈。

森林公园里二月兰盛开时,常有小女孩将它折下几枝,爱惜地握在手里,我想这也算是春日一景。偶尔见到有人以二月兰花海为背景拍婚纱照,雪白的婚纱与粉紫的花儿配色固然美,但摄影团队把花儿踩得东倒西歪还是让人觉得心痛。

我想,二月兰虽然可以吃,但口味必定不佳,否则这一大片野花早就不保了。后来去友人山里的房子小住,吃过几款她用二月兰做的菜,我的这个猜测就被推翻了。她说在院子里种二月兰,起初是因为二月兰不用照管,播种一次年年都能开出一片,后来尝过了二月兰的味道,更觉得它好看又美味。我问她为什么会想起来要把二月兰当菜吃,她从书架上抽出一本美食家王敦煌的《吃主儿》让我看。作者在书里盛赞二月兰,说它是唯一可以与枸杞头媲美的野菜,浓郁的香味和任何菜肴相比都是佼佼者。

友人院子里的二月兰已长到十多厘米高了,在花茎顶端,可以看到嫩绿的小花蕾。她说我来得正好，这是二月兰最鲜嫩的时候，再过个三五天，花蕾变成紫色，虽然也能吃，但口感就没有那么好了。"二月兰开过花就老了，只能用沸水焯了做成饺子和包子馅儿。"

她炒二月兰的方法跟书里写的差不多，等锅里的油温热了，"急火快炒，噼里啪啦，出锅盛盘"。碧绿的二月兰，吃到嘴里先是微苦，随后就泛起一阵野蔬特有的清香味。凉拌二月兰味道清爽，做法也简单，把二月兰洗净焯水，捞出过冷水切段，调入一点食用盐、醋和香油，吃后真是唇齿留香。她还给我用剁碎的二月兰叶子烧过豆腐羹和菜粥。

那年春天真是有口福，感觉像过了一个"舌尖上的春天"。当然，自家种的野菜吃着放心，公园里的二月兰还是不要随便采来吃。为了防治病虫害，管理人员往往会喷洒药水。

二月兰花量大、结实率高，自播繁衍能力强大，每年五六月份种子成熟后落入土中，秋季长出绿苗，春季又是似锦繁花。只要不翻耕，就能年年延续。

二月兰的嫩茎叶可作为蔬菜食用,花是良好的蜜源,种子可榨油,油中所含的亚油酸对心血管患者有较好的食疗作用。

等锅里的油温热了,"急火快炒,噼里啪啦,出锅盛盘"。吃到嘴里先是微苦,随后就泛起一阵野蔬特有的清香味。

清炒二月兰

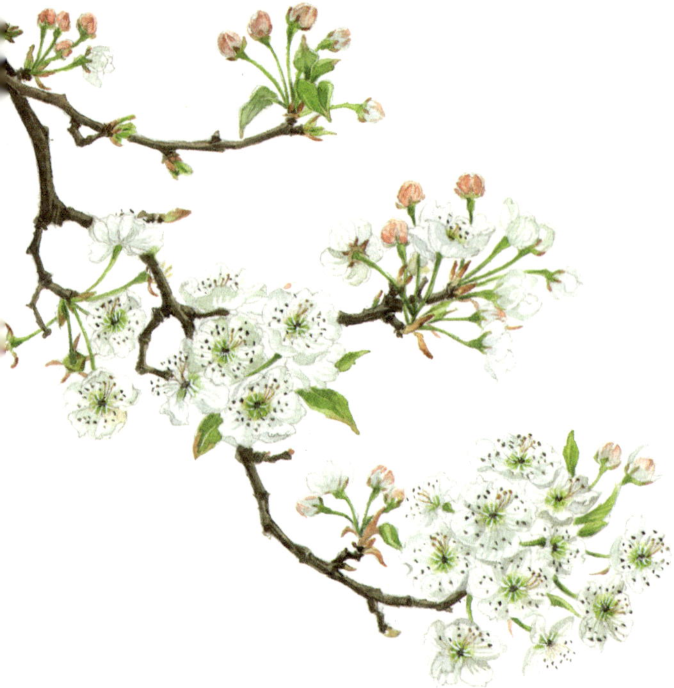

07

梨花

蔷薇科梨属落叶乔木或灌木
花期 2—5月

性喜光喜温,宜种植于土层深厚、排水良好的缓坡山地。安徽、河北、山东、辽宁是中国梨的重要产区。

果可供生食,还可酿酒,制梨膏、梨脯,也可入药。

惆怅东栏一株雪

梨花给人的印象是素白。李渔说梨花是"人间之雪",白居易将它喻为"白妆素袖碧纱裙"的女子。岑参的《白雪歌送武判官归京》里的"忽如一夜春风来,千树万树梨花开",稍微读过一点古诗文的人应该都背得出。

有一年参加学校组织的旅游,导游在车上考我们:"忽如一夜春风来——打一曲艺形式。"话音刚落,有位同事就脆生生地答道:"梨花大鼓。""这都能答出来!不猜了不猜了。"这大概是导游经常用来难倒游客的一个谜题,却被我们迅速破解。梨花大鼓是河北南部地区独有的鼓曲之一，早期叫犁铧大鼓，因演唱者手持犁铧片伴奏而得名。我没有听过这种鼓曲，却因为这个谜题将它牢牢记住。

梨花容易让人联想到雪，然而也有人另辟蹊径。"都说梨花像雪，其实苹果花才像雪。雪是厚重的，不是透明的。梨花像什么呢？——梨花的瓣子是月亮做的。"苹果花的白和梨花的白细想的确质感不同，梨花的白更轻灵秀气。汪曾祺的这段话真是妙极了，是让人看了一呆随后在心里默默点头的那种好。

清代邹一桂的《小山画谱》里如此描述梨花："三月尽花开，五出，色纯白。心初黄，开足后赭墨色。长柄丛生，叶嫩绿，亦有柄。随风而舞，花之流逸者也。写此花者，必兼风月，或飞燕宿鸟，以淡墨青烘之，则花显而云气亦出。其干柔曲，老干苍黑，以浓淡墨画之，不用赭。又红梨花，开在二月间，色微红，开时无叶，绝少韵致。"比起文人，画家的文字更直观更有画面感，末一句的红梨花则表明其实

07 梨花

从前梨花不尽是白的。北宋的欧阳修和元代的王恽也都写过红梨花，可惜如今见不到了。

白色的梨花总是带着一点清寂。"惆怅东栏一株雪，人生看得几清明""寂寞空庭春欲晚，梨花满地不出门""棠梨花映白杨树，尽是生死离别处""雨打梨花深闭门""空余满地梨花雪"莫不如此。

在中国的传统文化里，古老的花木各有各的情态和气性。同样是蔷薇科的春花，桃花有种静谧的家园感，杏花娇俏风流，梨花则清丽哀婉。写惆怅幽怨，须得用素淡的梨花来比兴才相宜，换作其他艳丽的颜色格调就不对了。古人审美的考究程度真让人叹服。

梨花的花梗团团簇簇，未开的花蕾顶端呈淡粉色，盛开时五瓣雪白的花瓣中点缀着深色的花药，细看如工笔画般精巧细致。我认识一位景德镇的画瓷人，他常常画梨花，茶杯、水盂、香炉、花瓶上都画过工笔梨花。那些梨花在润白的瓷器上仙气缥缈。梨花若开满一树，远看又像如云似雾的写意画。

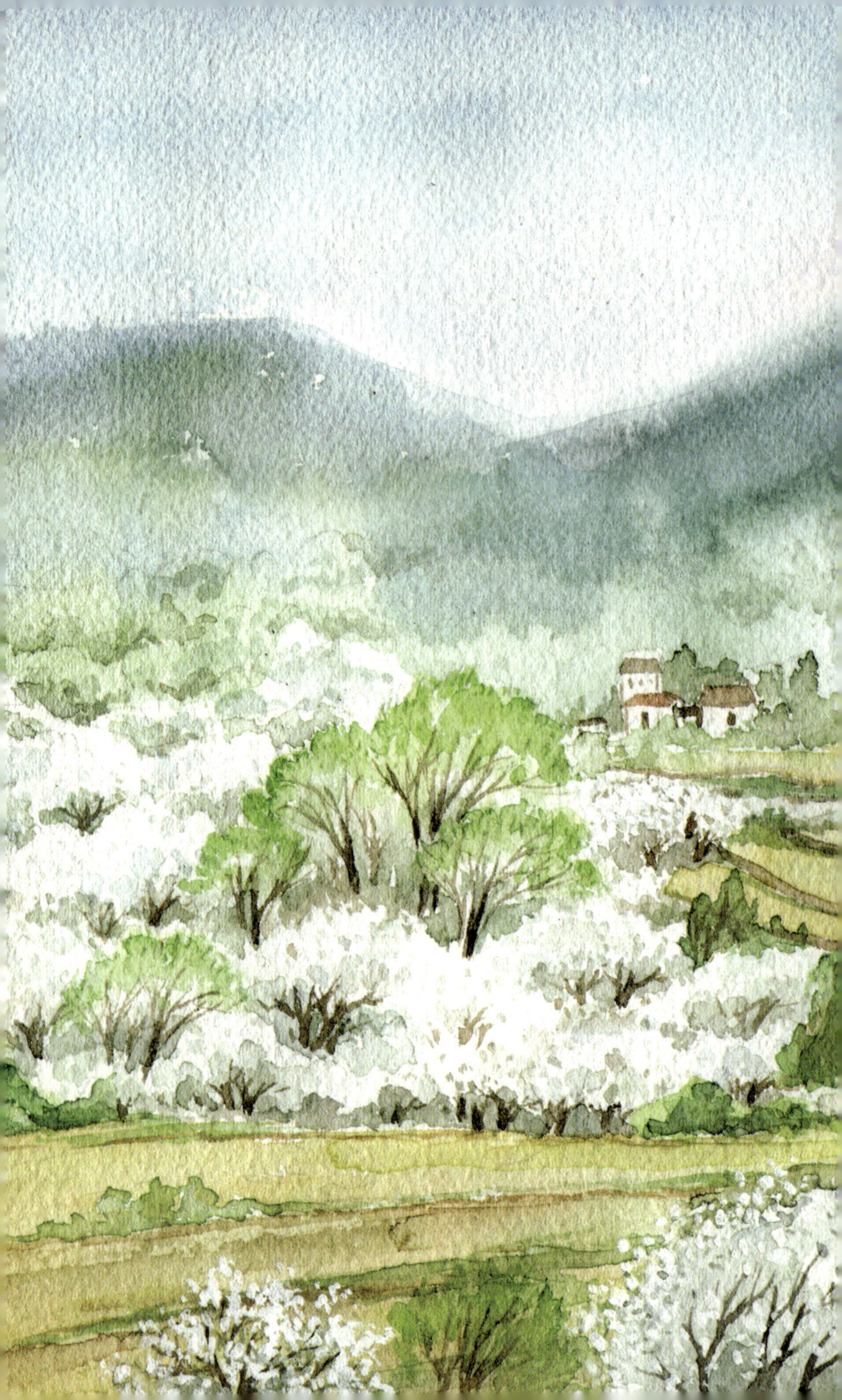

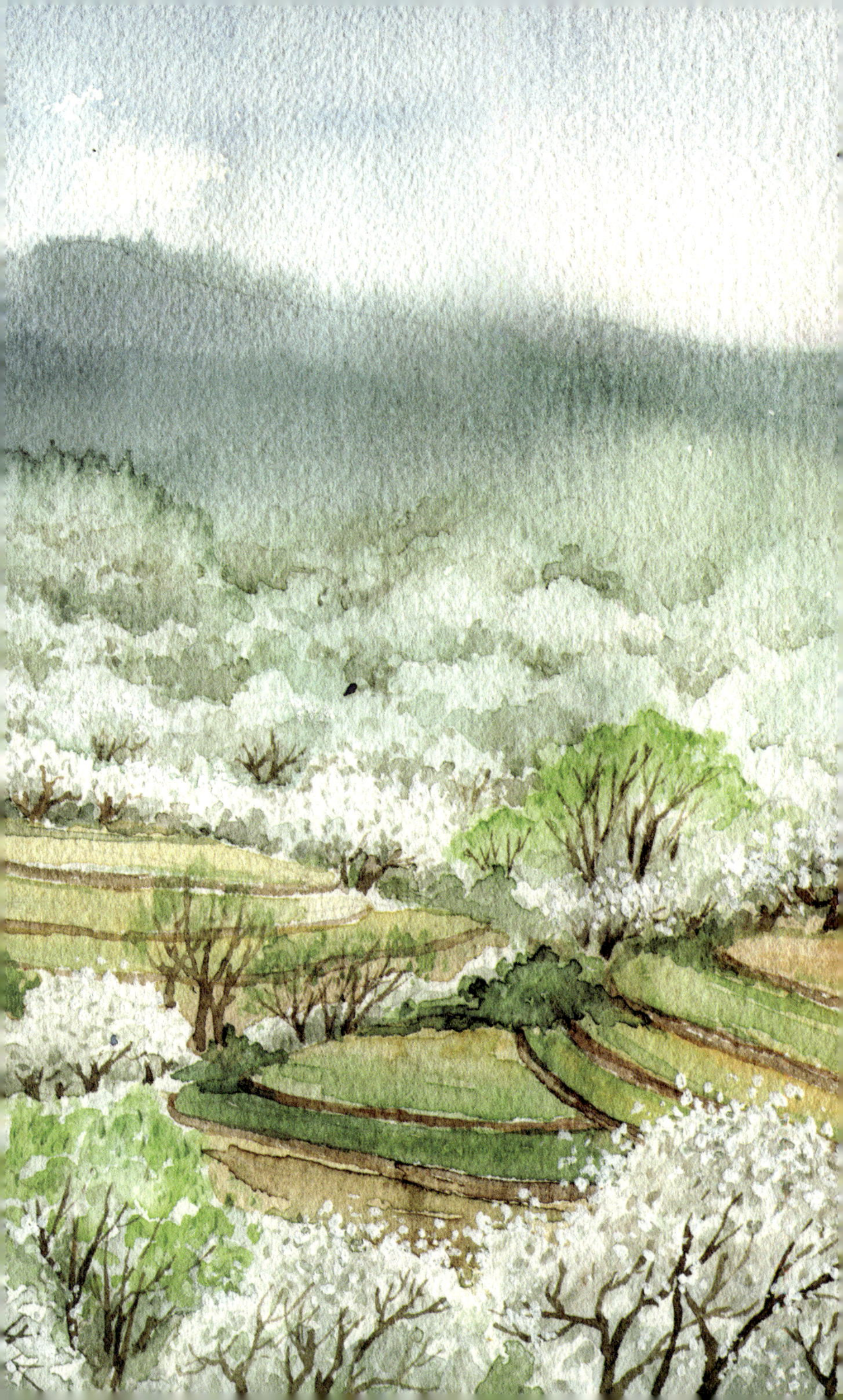

单株或几棵梨花秀美,大片梨花绽满山谷则是另一番光景,漫山遍野的花朵让人瞬间跌入春天的温柔乡。

梨花往往开在清明时节,陆游的《闻武均州报已复西京》中,末一句是"悬知寒食朝陵使,驿路梨花处处开",寒食祭扫宋先帝陵墓的使者经过梨花盛开的驿道到达洛阳,画面感跃然纸上。作家彭荆风的短篇小说《驿路梨花》借用的就是这个典故。梨花开时春天已经过半,难免让人生出韶华易逝之感。赏花人对梨花的爱惜,就是对美好的春光与人事的眷恋。

春天开放的白色花树,常有人分不清白海棠、梨花、白色的樱花和白桃花。有人总结说梨花成簇,花朵大,有花梗,花瓣即使有缺口也不像樱花缺刻在瓣尖,然而这是比较之后得出的结论。倘若单看一株花,还是会感到迷惑。其实辨认梨花最简单易行的方法是看花药(花蕊上的药粉)。梨花的花药很有特点,初开时是深红的,两三天后就成了黑色。

梨花可酿酒。在杭州,春分日就曾有梨花酿酒的旧俗。

07 梨花

白居易在《杭州春望》一诗中写道:"红袖织绫夸柿蒂,青旗沽酒趁梨花。"此酒便是梨花酒。云南人春天食用的花朵种类繁多,其中就有杜梨花。古诗词中经常出现的"棠梨"就是杜梨。杜梨花蕾焯水,换水漂上几天去除酸涩味就可用来炒食。杜梨花美,但果实小而酸涩不堪食,常用作果梨的砧木。

梨果味道清甜。南宋林洪的《山家清供》里有一道下酒菜叫"橙玉生","雪梨大者碎截,捣橙、醋入少盐、酱拌供,可佐酒兴",真是风雅的吃法。

小时候大姑家的院子里种了棵梨树,结出的梨外皮青绿色,有淡褐色的斑点,网球般大小,具体是什么品种如今我已无法确知。那时我们这群孩子并不懂得看梨花,只是眼馋树上的梨子,一心巴望夏季的台风将它们打落。大姑向来提防别人觊觎她的果子,只有掉在地上摔裂了的梨任我们捡拾。

梨除了生食或入菜,还可制成梨脯。梨也可入药,秋梨膏就是一道传统的药膳饮品。秋梨膏相传始于唐朝,以精选秋梨为主要原料，配以其他止咳祛痰、生津润肺的药物精心熬制而成。秋梨膏过去是宫廷御用药品，后由御医传出，开始在民间流传。

梨膏的家庭制作方法也不算太复杂。梨去皮切块打成泥或榨汁，加入枣、姜、冰糖和川贝粉、甘草等药材小火熬煮后过滤，汤汁烧至黏稠，放凉后调入蜂蜜即成。

在杭州，春分日就曾有梨花酿酒的旧俗。白居易在《杭州春望》一诗中写道："红袖织绫夸柿蒂，青旗沽酒趁梨花。"此酒便是梨花酒。

梨花酒

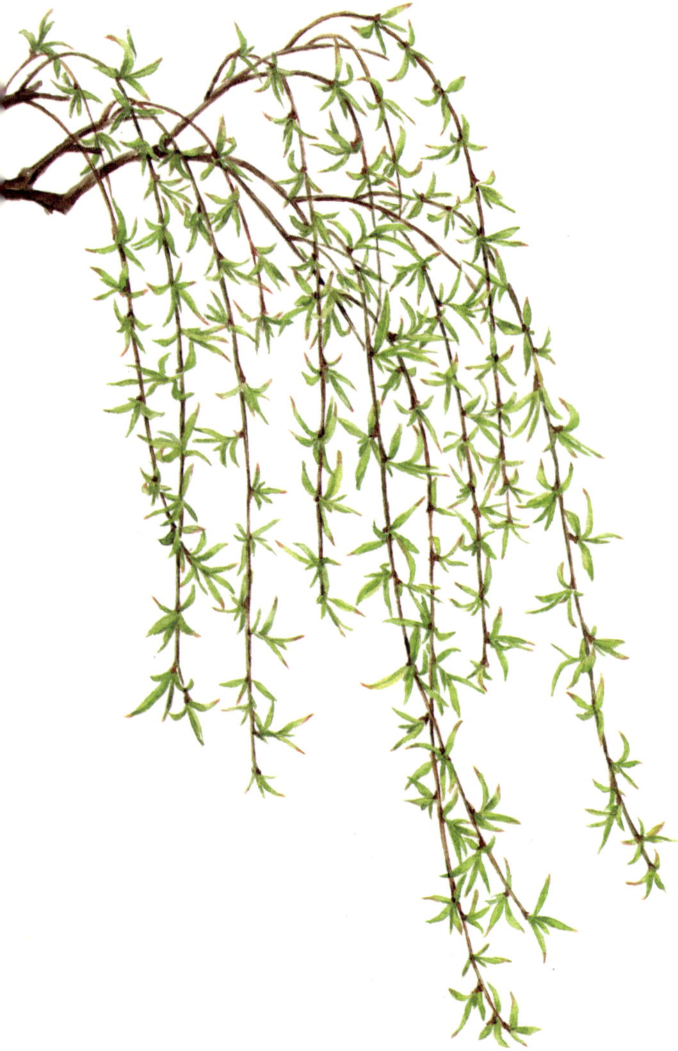

08

柳

杨柳科柳属类植物的总称
灌木或乔木

性喜光,喜湿,耐寒。一年中生长期较长,发芽早,落叶晚,南方个别品种为常绿树。柳可入食入药。柳树皮可做造纸原料,柳条可编筐、篮、帽等。木材可做小农具、小器具,也可用来烧制木炭。

杨柳东风树

初春时节，走在校园附近的小桥上，忽然觉得周围的风景与往日有点不同。定睛一看，原来是河边的垂柳发了芽。柳枝上的点点柳眼，一日日鼓胀起来，很快就把柳条装扮成浅黄的丝绦。柳眼有个好听的名字叫"青眼"。只是一丝朦胧的春意，却已足够让人欢欣。

在尚未变暖的风里，细柳随风一飘，看的人心里也随之一荡。"柳条百尺拂银塘，且莫深青只浅黄。未必柳条能蘸水，水中柳影引他长。"宋人杨万里的这首诗简直就是一幅画，是春日里柳岸风光的写照。春天夺人眼目的无疑是花,而幽幽春柳则有另一种意趣。

柳树是华夏大地上古老的树种之一,《诗经》里"昔我往矣,杨柳依依"便是例证。古代杨柳不分,杨即是柳。柳树的生长是春天重要的物候之一。"南园春半踏青时,风和闻马嘶。青梅如豆柳如眉,日长蝴蝶飞……"欧阳修在词里记录的正是春分踏青所见的景致。

古人清明有插柳、"簪柳"的习俗。人们将柳枝插在屋檐下、门窗上,把柳枝编成圆圈戴在头上、扎成花朵插于发髻,或是直接插于头上。明代田汝成的《西湖游览志余》记载:"清明,从冬至数至一百五日,即其节也。前两日为寒食,人家插柳满檐,青蒨可爱,男女亦咸戴之,谚云:'清明不戴柳,红颜成皓首。'"

清顾禄《清嘉录》记清明:"妇女结杨柳球戴鬓畔,云红颜不老。"诗人杨韫华《山塘棹歌·插柳枝》云:"清明一霎又今朝,听得沿街卖柳条。相约比邻诸姊妹,一枝斜插绿云翘。"可见当时清明时节人们不仅插柳，还有人做售卖柳条的生意。

广东东莞的友人曾在文章里写到，老莞城的人家至今保留着清明门上插柳的旧俗。安徽农村也有清明在门头悬柳的风俗，"又是清明，不知道有没有好心的邻居，在我家紧闭的大门上插上几枝柳？"某日在微博上读了一位安徽女子的这一句，低回不已。

也许是读了太多关于佩戴柳枝的古诗文，我总想有一天能付之实践。有一年春天和几位朋友去南浔古镇闲逛，在小河边见到几株垂柳。在城市的绿地里，我是断然没有胆子折柳的。那日见四周除了我们没有别的游人，动手攀折了两枝。柳枝到手，忽然看见河对岸有位老妇人正把头伸出门外注视我，好在她面容和蔼，似乎并无责怪之意。

我把一枝柳条绕几绕，盘成一个简单的柳环，想戴在头上，纠结一番最终讪讪地给了朋友的女儿。小姑娘雀跃着，一路都戴着这个柳冠。孩童真是幸福，他们对万物都感到新奇，而且完全不在意别人的目光。另一枝柳有位年长的朋友接了过去，将柳皮从略粗的一头一直捋到柳枝末端，做了一个柳球。我没想到他还会这一手，他微笑着说："小时候在乡下常玩，我还会用柳枝削柳笛呢。"

从前的孩子没有手机、iPad 和乐高，只懂得在自然里嬉戏。好在柳树常见，即便是城里的孩子也认识。有一次我在公园的柳树下，听见一个女孩在背诵"碧玉妆成一树高，万条垂下绿丝绦。不知细叶谁裁出，二月春风似剪刀"。有位男士在一旁含笑听着，看样子是她的父亲。其实我颇反对大人把公共场所当自家客厅教孩子，但儿童对着柳树背《咏柳》并不让人反感。

"折柳"一词寓含"惜别怀远"之意。古人离别时常折柳相送，怀念故人时也会折柳寄情。"杨柳东风树，青青夹御河。近来攀折苦，应为离别多。"王之涣的《送别》写的不仅是景，也是离情别绪。

为何是折柳而不是别的植物？常见的解释是"柳"谐"留"

08 柳

音,赠柳表示不忍分别,但也有人提出不同的观点。清朝褚人获在《坚瓠广集》中写道:"送行之人岂无他枝可折而必于柳者,非谓津亭所便,亦以人之去乡正如木之离土,望其随处皆安,一如柳之随地可活,为之祝愿耳。"我没有做过考证,但喜欢这个解释里的通达之感。

柳树适应性强,"随地可活",正可以拿来祝愿远游的人随遇而安诸事顺遂。徐志摩的《再别康桥》里也写到了柳,"那河畔的金柳/是夕阳中的新娘/波光里的艳影/在我的心头荡漾。"这几句诗为人熟知。

诗中的"金柳",我一直以为就是普通的垂柳,之所以会是"金柳",必定是因为夕阳照耀的缘故。直到有一天读了一位学者写柳的一段文字:"那摇荡诗人心旌的,是何等柳色?所谓金柳,全称金垂柳,英文俗名 golden weeping willow,系早先引进英伦的白柳(white willow,学名 *Salix alba*)与垂柳杂交的品种。"误解了几十年,我真为自己的无学感到羞愧。

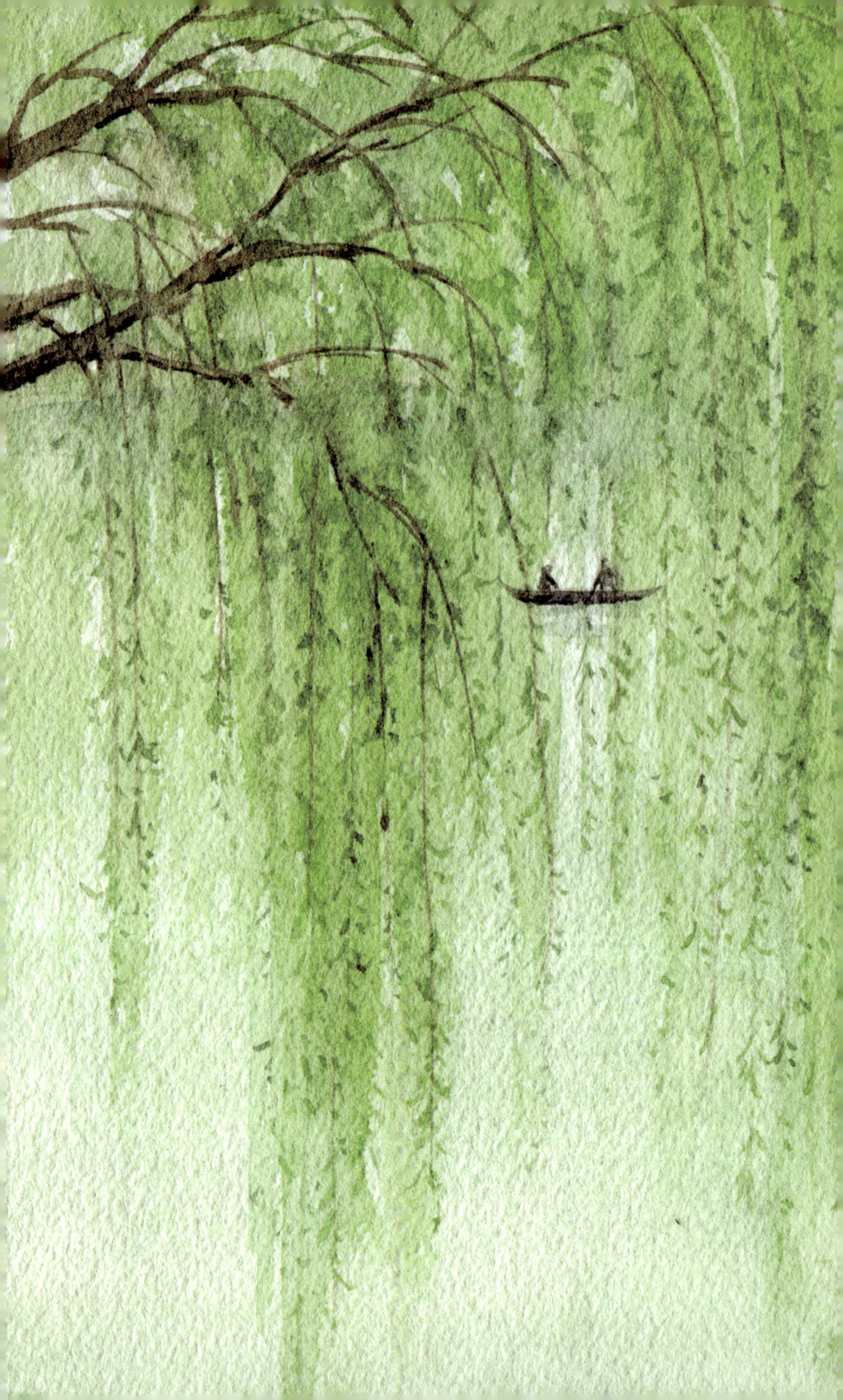

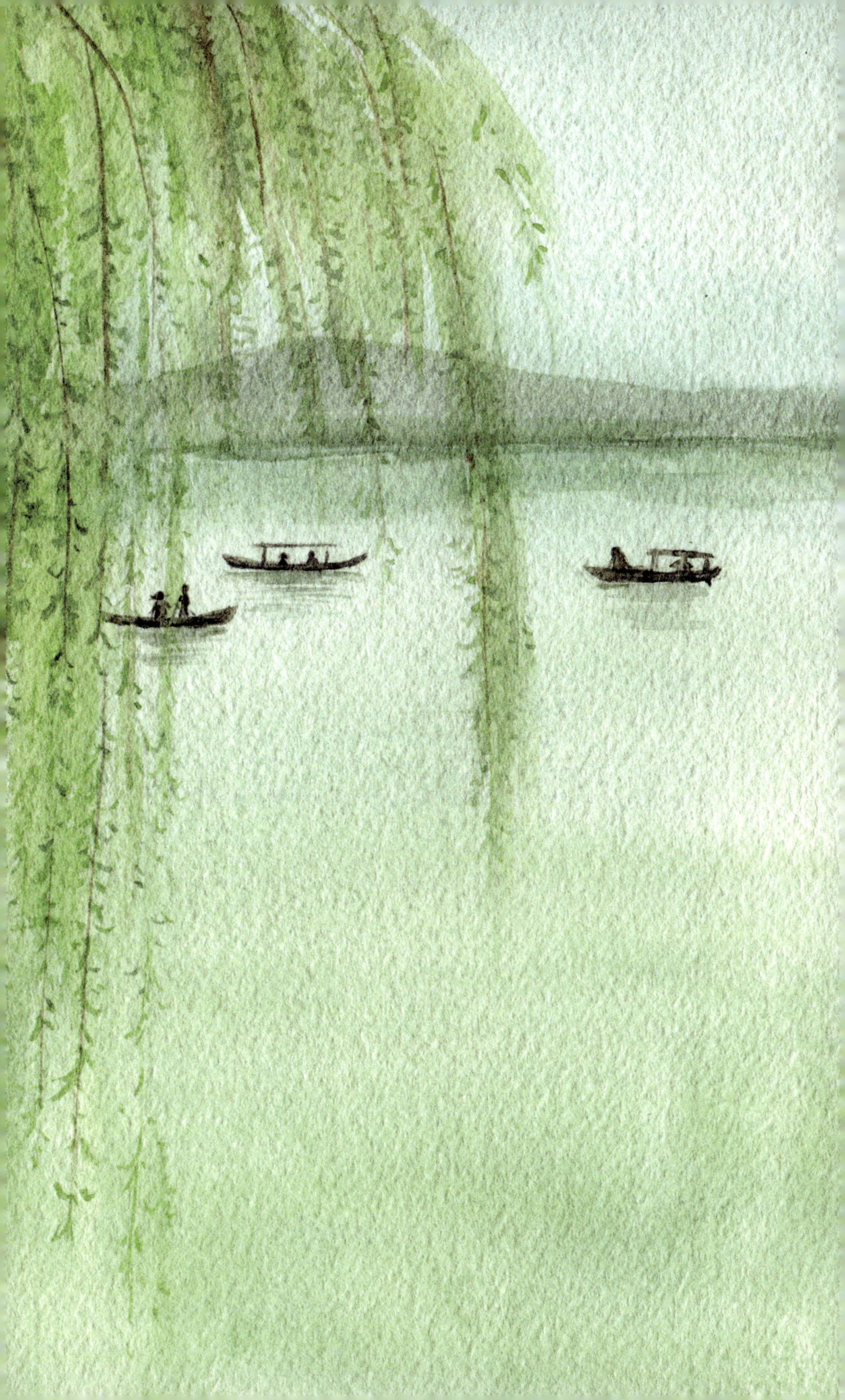

我看过最美的柳色,一处是西湖,一处是玄武湖。春暖时西湖边苏堤上的柳树和灿若云霞的桃花,错落有致地织就一幅春光的锦缎,令人深深沉醉。玄武湖的柳,我是在南京明城墙台城看的。站在城墙上俯瞰湖堤上的一圈柳,我才真正明白什么叫"柳烟"。一座古城因为水而灵动,绿意森森的柳树又为这一汪水添了不少韵致。"无情最是台城柳,依旧烟笼十里堤。"这柳仿佛是从唐诗里穿越而来,让人疑幻疑真。

春末,柳树的种子随风飘落飞散如絮。每年的四五月份,上海都会进入一年一度的春季植物"飞絮季",这些飞絮主要来自杨树、柳树和法国梧桐。市区的飞絮以法国梧桐的果毛为主,园林绿化部门为了控制它的飞絮,只能修剪控果,但对柳树的飞絮好像并没什么好的方案,然而柳树形态优雅又遮荫,飘絮这个小小的缺点终归是可以接受的。

我读大学时,复旦东门口国定路两边的行道树都是垂柳。有朋友来探访,看见这些柳树,脱口就说:"原来你们这里是乡下！"我看看她，她又加了一句："只有乡下才有这么多柳树。"后来这些柳树被换成了法国梧桐，所幸国定路桥边依然有一排垂柳。有柳树相伴，我至今仍是个幸福的乡下人。

鲜嫩的柳芽可入食。最简单的一种吃法是凉拌，柳芽洗净后焯水，再用凉水泡去苦味，调入盐、醋、蒜泥和香油拌匀，一盘青绿爽口的凉拌柳芽就做好了。以前民间有"榆度饥荒柳防病"的说法，柳叶、柳花、柳絮、柳枝、柳皮、柳根均可入药。柳树性柔质软，柳条可编筐、篮、帽等，木材可做小农具、小器具，也可用来烧制木炭。

凉拌柳芽

柳芽洗净后焯水,再用凉水泡去苦味,调入盐、醋、蒜泥和香油拌匀。

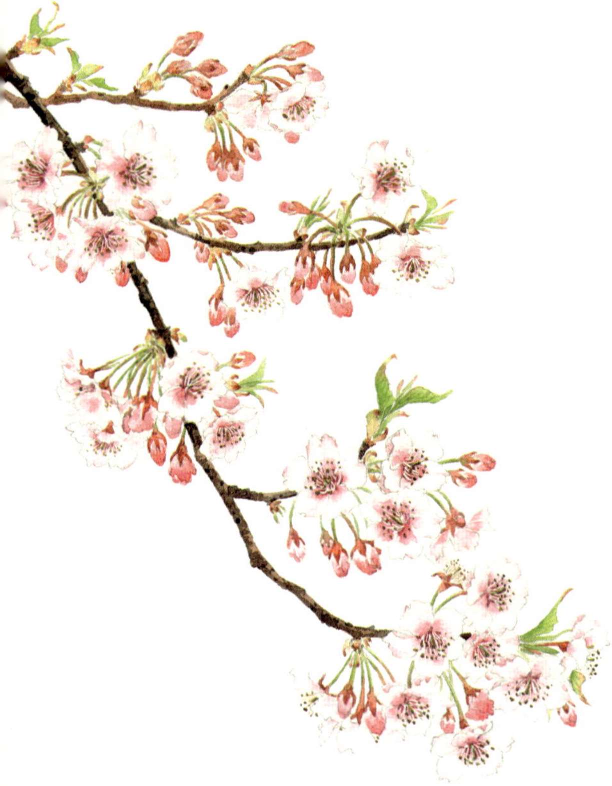

09

樱花

蔷薇科樱属几种植物的通称
花期　3—4月
果期　6月

性喜阳光和温暖湿润的气候条件，有一定抗寒能力。对土壤的要求不严。原产北半球温带环喜马拉雅山地区，在世界各地均有生长。
常用于园林观赏，花叶可入馔。

何以渡春心

春天给人的感觉往往是"突兀"。春寒料峭的三月，仿佛是一夜间的事，江南的樱花树悄悄开出柔柔粉粉的花朵来。南方的早春绿意并不少见，但那样轻盈粉嫩的一树花，看了还是让人微微错愕。

二十年前第一次赏樱，是在京都八坂神社旁的圆山公园，公园里那棵树龄长达二百多年的枝垂樱，缀满粉色花朵的枝条垂挂着，风姿楚楚。樱花季关雪樱和染井吉野怒放的"哲学之道"我也曾走过。客居东京时，鲁迅先生在《藤野先生》

里劈头就写到的上野的樱花自然要去看看，虽然那"绯红的轻云"并未给大先生带来出游的欢欣，但的确灿如云霞。

新宿御苑的樱花是同事带我去看的，并非专门赏花，只是午休时间从办公楼里出来透口气，那日的樱花树和梅子饭团的滋味至今念念。后来去名古屋的爱知大学教书，第一次去市区就是去鹤舞公园看樱花。校园附近山路上的樱花也开得繁艳。樱花一开，春天也就来了，被困了一整个冬天的身心忽然轻快起来。

如今国内看樱花的好去处越来越多了，武汉大学、杭州的太子湾公园、南京玄武湖的樱洲、无锡鼋头渚、北京玉渊潭公园、青岛的中山公园、福建漳州永福镇、昆明的圆通山、大理的无量山……在上海，我常去的是辰山植物园和顾村公园。

即便在复旦校园，我也有自己的樱花地图：曦园梅樱坡上的樱花总是开得最早，随后是光华楼前草坪上的樱花，等这两处的樱树进入盛花期，就可以去看行政楼后边那棵校园里最大、树形最舒展的花树了。这几株染井吉野落了，燕园

09 樱花

那棵枝垂樱恰好绽开。为复旦樱花季作结的是光华楼背后的晚樱关山,和轻俏的染井吉野相比,复瓣的关山显得有些笨重,然而这收梢终于让我嘘出一口气。盛宴易散,失落之余反而有种回到了平常日子的安心。

晴日里赏樱,仰望被阳光照得近乎透明的粉白或者艳红的花朵,再看一眼花枝间碧蓝的天空,日常琐屑的烦恼顿时遁去无踪。月光或灯光下的樱花则是另一种魅惑,东山魁夷曾描绘过绀青的东山和紫色的夜空背景下,樱花与朗月互相辉映的美。水边的樱花也极妙,不仅花开时有种临水自照的妩媚,花落时花瓣飘在水上又是另一番奇景。

友人曾给我发过一个视频,是从她家的窗口拍到的。临窗的河水被河堤上飘落的樱花染成粉色,偶然有一只野鸭游过,河面仿佛粉红的绸缎被划开一道口子,等野鸭施施然游走又轻轻合拢。我在无锡太湖边的横云山庄也看到过类似的场景。那里的水岸,东面是悬崖峭壁下的临水小径,嶙峋的山石隐约可见;西面是长春桥,堤岸上遍植樱树。

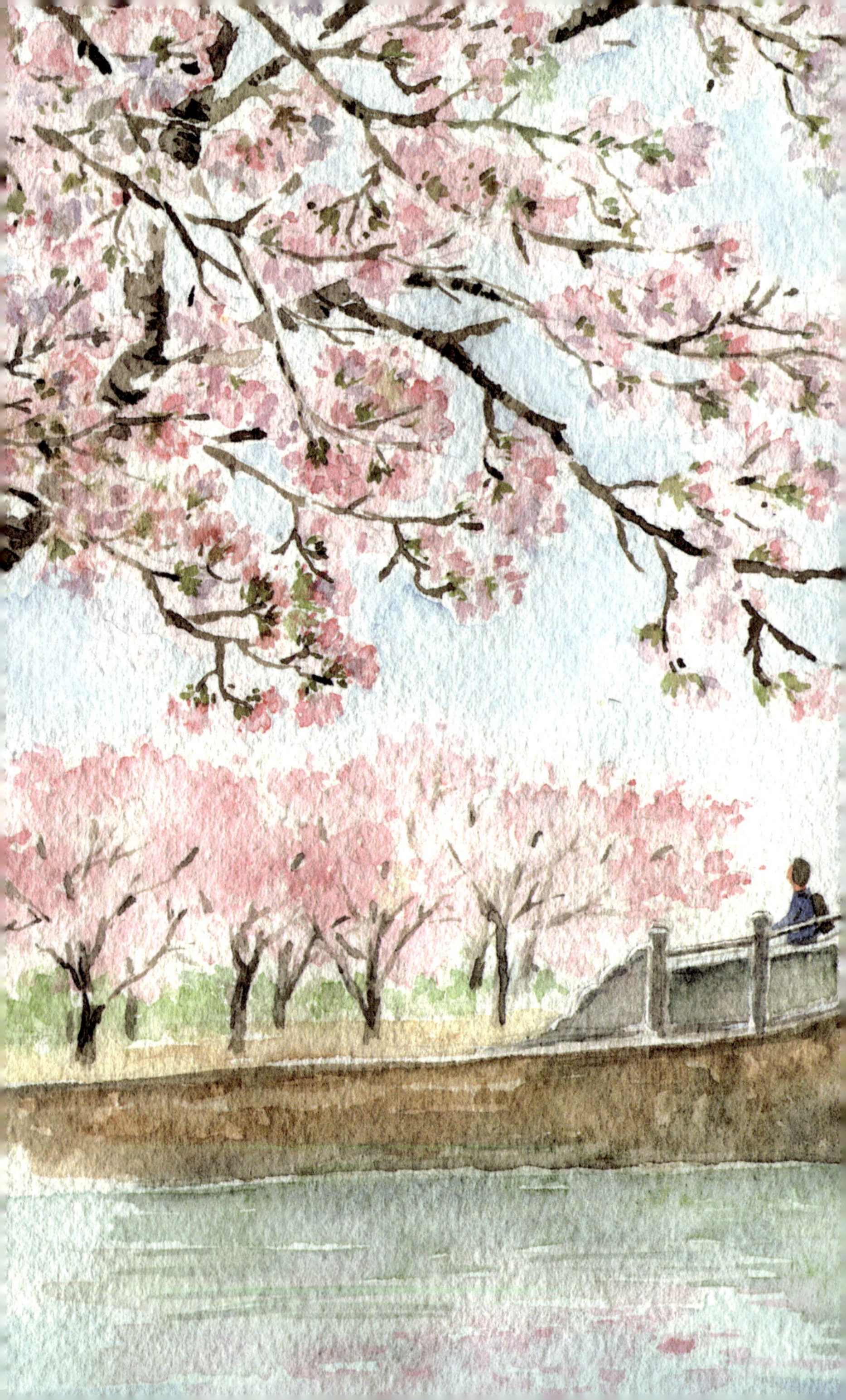

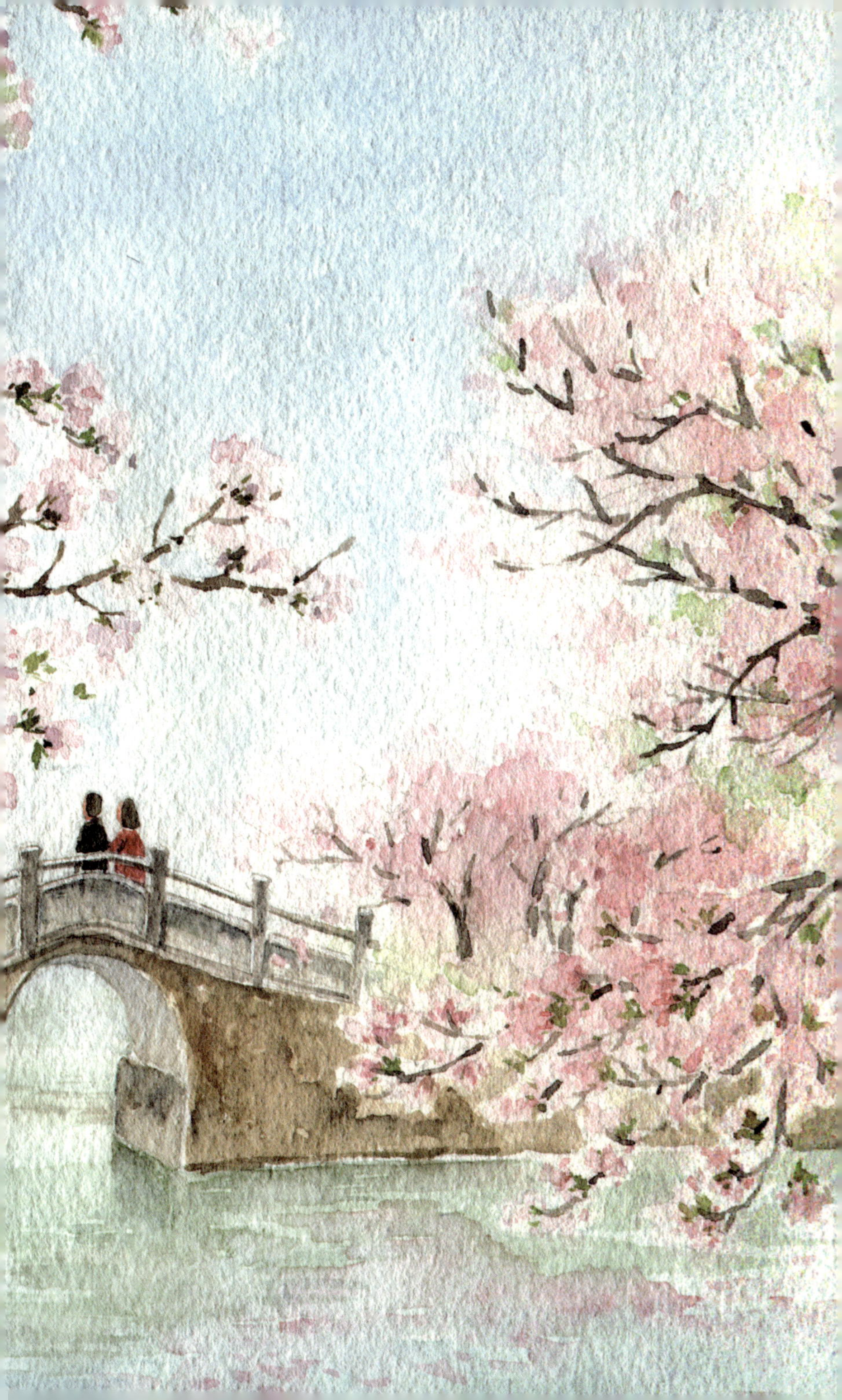

繁密的樱花把树枝都压低了，一阵风过，花瓣飞雪般洒下。沿岸的水面上早就笼上了一层烟粉色。"飞花逐水流"不再是诗词里的句子，而是现实图景。恋花的蝴蝶从树梢一直追到水面，沾了春水的蝶翅在落花上轻扑。我坐在"长春花漪"的匾额下呆了过去。这样美得失去真实感的风景，让我在惊叹之余，微微打了个寒战。

樱花原产于喜马拉雅山脉。据记载，秦汉时期樱花已在中国宫苑内栽培，唐时已普遍栽种于私家庭院。白居易诗云："亦知官舍非吾宅，且劚山樱满院栽。上佐近来多五考，少应四度见花开。"日本在平安时代前，公卿贵族流行赏梅，直到812年，喜爱樱花的嵯峨天皇才开启了赏樱的宫廷传统，而出门赏樱成为百姓们春日里流行的娱乐活动，是在江户出现种樱的潮流之后。

樱花传往日本后品种不断增加，山野中自然生长的樱树有上百种，人工培育的园艺品种则多达两三百种。如今日本的樱花里最常见的品种是先开花后长叶的染井吉野，花色先

09 樱花

淡红后变白,花期只有一周左右。

日本是个狭长的国家,春天南北温度差异大,樱花开放的时间也就不同。樱花由南向北开,日本人称之为"樱花前线"。冲绳的寒绯樱一月就已初绽,烟霞一路北上,预示春天的美丽"战火"点燃北海道时已是六七月。

花期短暂的樱花凋落时十分决绝,一期一会过时不候,让人感慨时光的无情和美的脆弱。"如果花永久地开放,满月每晚都升入空中,而我也永远地在大地上生存,那么,在这些偶然的相遇里,就不会有如此的感动吧。"东山魁夷如此感叹。

《古今和歌集》里有一句"世间若无樱,何以渡春心",将春天与樱花的美写得哀婉动人。

虽然转瞬即逝的樱花让人慨叹,但"樱饼"这种日本人春日里常吃的点心还是为春天留下了美好的余味。樱饼是用糯米外皮包着豆沙馅,外层再裹上盐渍樱树叶子的日式点心。

日本的樱饼主要是两种,一种是关东地区诞生于长命寺前的长命寺樱饼，做法是将面粉混合糯米粉烤成薄皮，对折或卷成圆筒状，内包豆沙馅，以东京向岛的"长命寺樱饼"为正宗；另一种则是关西地区的道明寺饼，因道明寺糯米粉而得名，做法是糯米粉蒸后做成外皮再包上豆沙馅儿，以京都岚山的"鹤屋寿樱饼"为代表。

除了经典的长命寺樱饼和道明寺樱饼，还有伊豆的长八樱饼、镰仓的一片樱饼和岛根县的绿樱饼等。日本樱饼使用的樱树叶绝大多数来自伊豆松崎町出产的大岛樱。盐渍樱树叶独特的香气和淡淡的咸味不仅能让内馅不致过于甜腻，还能保持樱饼的湿润。

腌制的樱花则是制作樱花茶或者豆沙面包的原料。豆沙面包中间放一朵腌制樱花，这是日本银座的点心店"木村屋"的首创。如果逛东京的"高岛屋"或"伊势丹"这些大百货店，可以去地下一层的食品店转转，若有木村屋的小铺别忘了看看有没有带樱花的豆沙面包。

如今网上也可以买到日本产的腌制樱花了。将腌制樱花

09 樱花

冲洗一下，放几朵在茶杯里，冲入开水，就是一杯好看的樱花茶了。当然，这茶并没有甜味，让人贪图的只是樱花回魂的颜值和一丝香气。

如果有闲心，腌制樱花还可以用来做樱花饭团，具体的做法是把它用水洗净，放在纸巾上吸去多余的水分，刚煮好的米饭包上保鲜膜捏成小饭团，放上腌制樱花点缀即可。这一枚饭团里有春天的气息。

腌制的樱花则是制作樱花茶或者豆沙面包的原料。豆沙面包中间放一朵腌制樱花，这是日本银座的点心店"木村屋"的首创。

樱饼是用糯米外皮包着豆沙馅，外层再裹上盐渍樱树叶子的日式点心。

樱饼

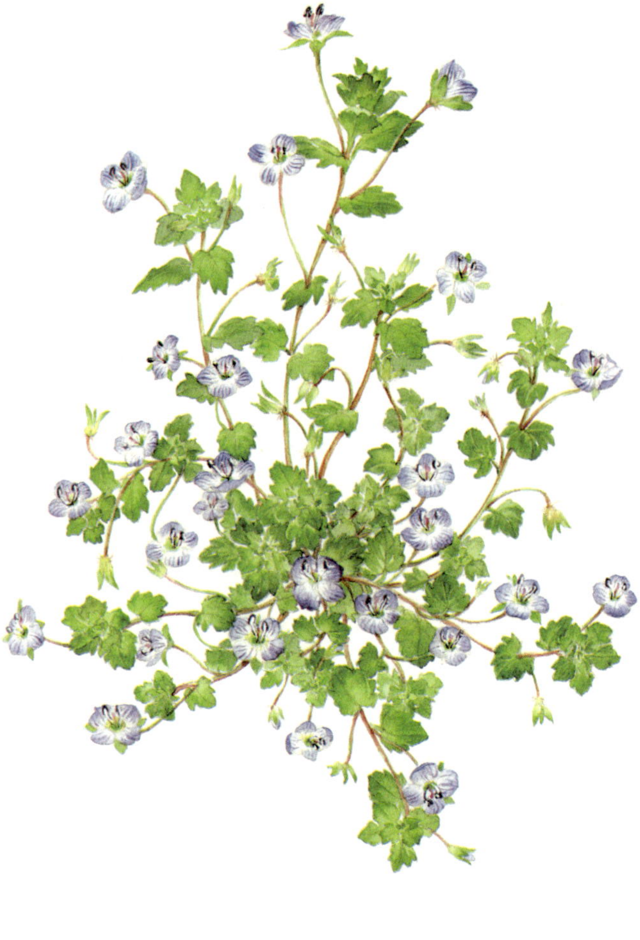

10

阿拉伯婆婆纳

玄参科婆婆纳属铺散多分枝草本植物
花期 3—5月

对环境要求不高,生于路边、宅旁、田间。原产于亚洲西部及欧洲。在我国主要分布于华东、华中以及西部地区。
观赏性颇佳,可用于园林花坛植被。全草可入药。

草地上的蓝眼睛

阿拉伯婆婆纳是江南初春率先开花的野花之一。乍暖还寒的天气，草地尚未完全变绿，阿拉伯婆婆纳星星点点的蓝花却冒了出来，匍匐的茎叶渐渐蔓延开来。它们很少单株出现，远远就能看见地面上的一小片蓝。

阿拉伯婆婆纳的花开得极神气，虽然小，但蓝得亮眼，仿佛自带光芒。在英文里，阿拉伯婆婆纳有个别名叫 bird's eye——鸟儿的眼睛，仔细看，花上两枚雄蕊上碧蓝的小圆点确实像一双湛蓝的眼眸。花瓣上放射状的深蓝色条纹也很妙，

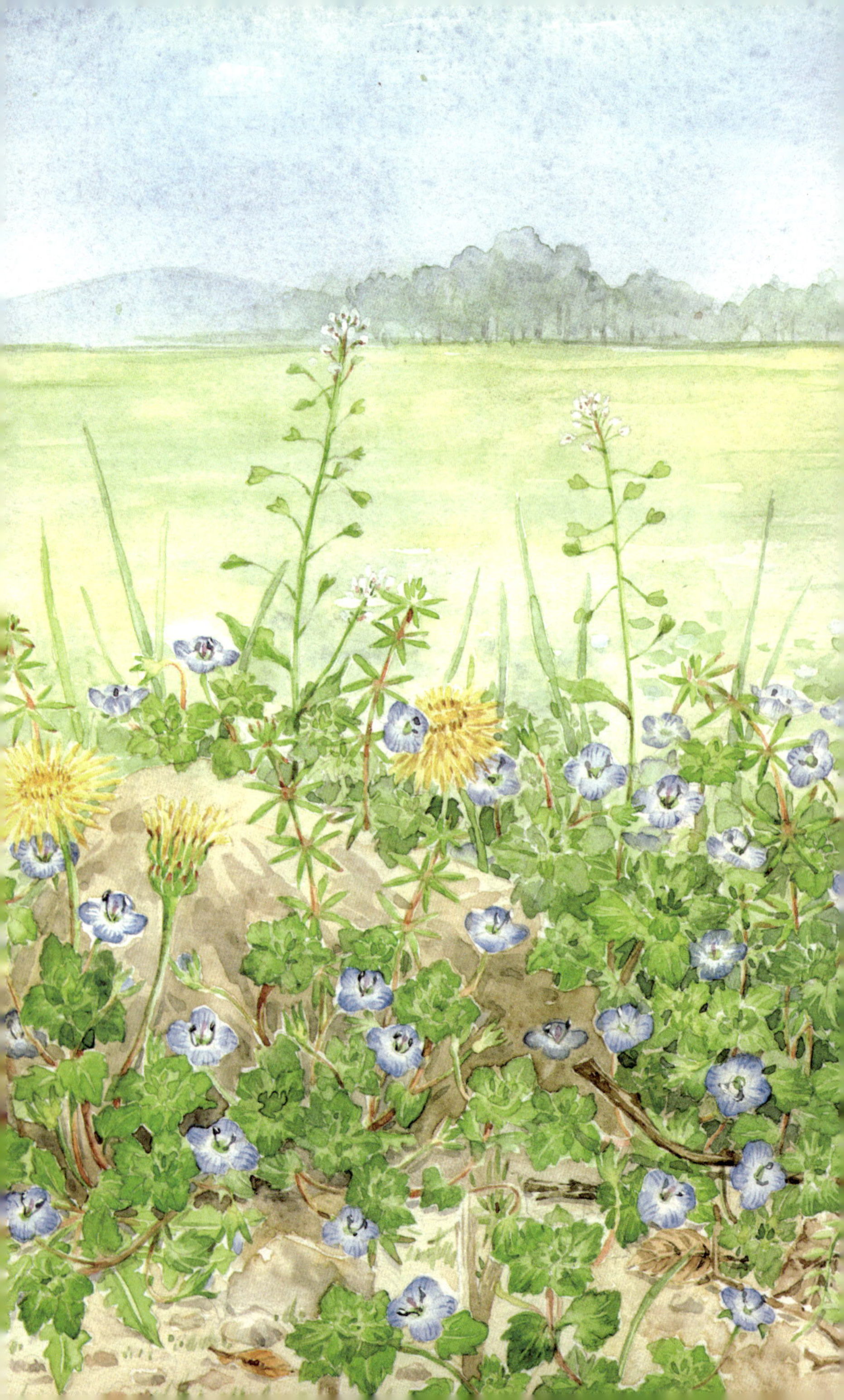

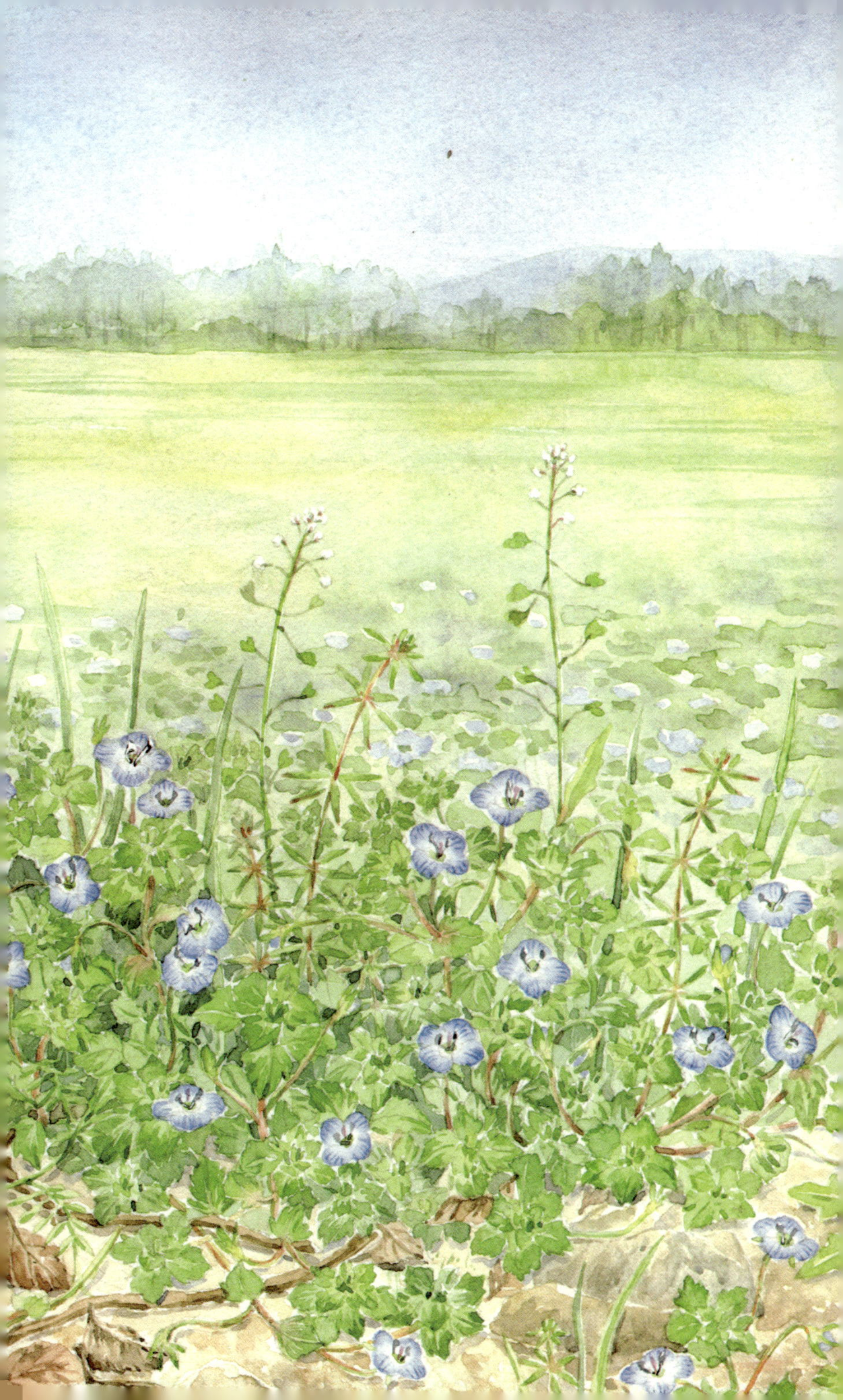

精致得如同画上去的一般。

"阿拉伯婆婆纳"这个名字相当特别。偶尔被人问起，说出这个有点拗口的名字后，对方通常会反问一句"什么"，脸上分明写着"你不要骗我"。然而一旦相信了，也就不容易忘记。我家对植物知之甚少的那一位，每次告诉他花草的名字，他转头就忘得干干净净，唯独这个"阿拉伯婆婆纳"却一下子就记住了。我称赞他，他笑眯眯地说："阿拉伯来的婆婆嘛！"

阿拉伯婆婆纳拉丁文学名中的种加词是 persica（波斯），因此也叫"波斯婆婆纳"，原产地是欧洲和西亚。"阿拉伯"点明了这种植物的出处，但"婆婆纳"这个名字的由来却无定论。有人说它花瓣的纹路很像以前的老婆婆纳的鞋底，也有人说它结出的果实上有针眼似的痕迹，因此叫"婆婆纳"，这些解释似乎都有点牵强。

名字中带有"婆婆"二字的植物听起来有种亲切感。"婆婆丁"指的是蒲公英，药食兼用，可以凉拌、炒食、烧汤，还能晒干泡水喝。"婆婆针"是鬼针草,大多长在路边、荒地,它的顶端有许多芒刺,人们经过的时候容易勾到衣服上。婆婆针外表并不讨喜,却是从前民间常用的草药,有清热解毒、活血化瘀和止泻的功效。

"婆婆的针线包"则是一种多年生的草质藤本植物,学名叫"萝藦"。萝藦的果实香甜,可以生食或做菜,茎叶、根和果实都可入药。之所以叫"婆婆的针线包",是因为它纺锤形的果实成熟之后会自动开裂,里面藏着一包白色绒毛,种子缀在顶端,看起来宛如一捆白色针线。这些白色的绒毛就像一顶顶降落伞,带着种子随风飘荡。

《诗经》里"芄兰之支,童子佩觽"的"芄兰"就是萝藦。名字赋予事物的色彩真是微妙,虽然是同一种植物,"萝藦"庄重,"芄兰"雅致,"婆婆的针线包"则有种家常味道。萝藦于我并不陌生,小时候去郊外的同学家玩,跌了一跤蹭破了手肘,同学母亲从路边折了根野草的枝条,将它白色的汁液涂在我的伤口上,果然很快就不疼了。我因此记住了这种神奇的植物,后来还帮它吹送过"降落伞",但并不知道它有这么多名字。

婆婆纳也可入食、入药。"婆婆纳"这个名字首次出现,是在明代朱橚编的野生食用植物专著《救荒本草》里。此书记载了许多野生植物的鉴别和食用方法,婆婆纳出自"叶可食"的部分:"婆婆纳,生田野中。苗搨地生。叶最小,如小面花黶儿,状类初生菊花芽,叶又团,边微花如云头样。味甜。"

婆婆纳原产中国,花如米粒大小,淡红或淡紫。阿拉伯婆婆纳则是外来物种,花色幽蓝,花形比婆婆纳略大,花梗也比婆婆纳长一些。婆婆纳属的植物有几十种,除了婆婆纳和阿拉伯婆婆纳,我还见过直立婆婆纳和穗花婆婆纳。与铺散生长的阿拉伯婆婆纳不同,直立婆婆纳花直立挺拔。穗花婆婆纳的花序是长穗状的,花序轴上聚集着许多纤巧的花朵,乍一看有点像鼠尾草。穗花婆婆纳夏天开,优雅的蓝紫色给人眼目清凉的感觉。

穗花婆婆纳

与铺散生长的阿拉伯婆婆纳不同，直立婆婆纳花直立挺拔。穗花婆婆纳的花序是长穗状的，花序轴上聚集着许多纤巧的花朵，乍一看有点像鼠尾草。穗花婆婆纳夏天开，优雅的蓝紫色给人眼目清凉的感觉。

直立婆婆纳

每年的十一月和三四月份是阿拉伯婆婆纳的生长高峰，在裸露的地上种上阿拉伯婆婆纳，它就能将地表覆盖。只要运用得当，阿拉伯婆婆纳不仅能起到防止地表沙尘化的环保作用，还能在整个冬春季节填补草花花坛的不足。

阿拉伯婆婆纳也是良好的药材，对肾虚、风湿和疟疾等疗效显著。每年春天在草间地缝里看见一丛丛的阿拉伯婆婆纳，总会蹲下来近距离欣赏一番，然后把手机镜头调成微距，拍几张幽蓝的小花。我看着草地上的风景，草地上蓝色的眼睛也在看我。

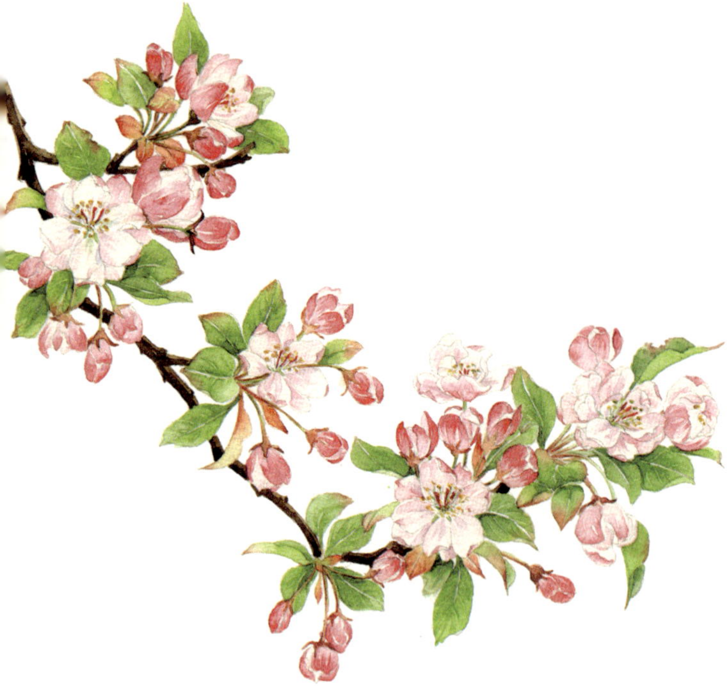

# 11

海棠

蔷薇科苹果属多种植物和
木瓜属几种植物的通称与俗称
花期 3—5月
果期 8—10月

性喜阳,具有较强的抗寒能力。多生长在平原和山地,各地均有栽培。有许多著名观赏树种,多栽培于庭园供绿化用。
有些种类的海棠果实可供食用、药用。

胭脂乍染

小时候在闽南,院子里有一盆秋海棠,我一直以为那就是海棠。语文老师给我们读过作家冰心写给小读者的信。"你们读到这封信时,我已离开了可爱的海棠叶形的祖国,在太平洋舟中了。"老师说信里的海棠就是秋海棠。于是一下课我便飞跑回家看这盆花,找了最大的一片叶子,努力看出地图上中国的样子来。

来上海后,有一年春天,同学邀我去校园里看花,走到一棵花树前,我问她那是什么花。"海棠。"我大惊:"什

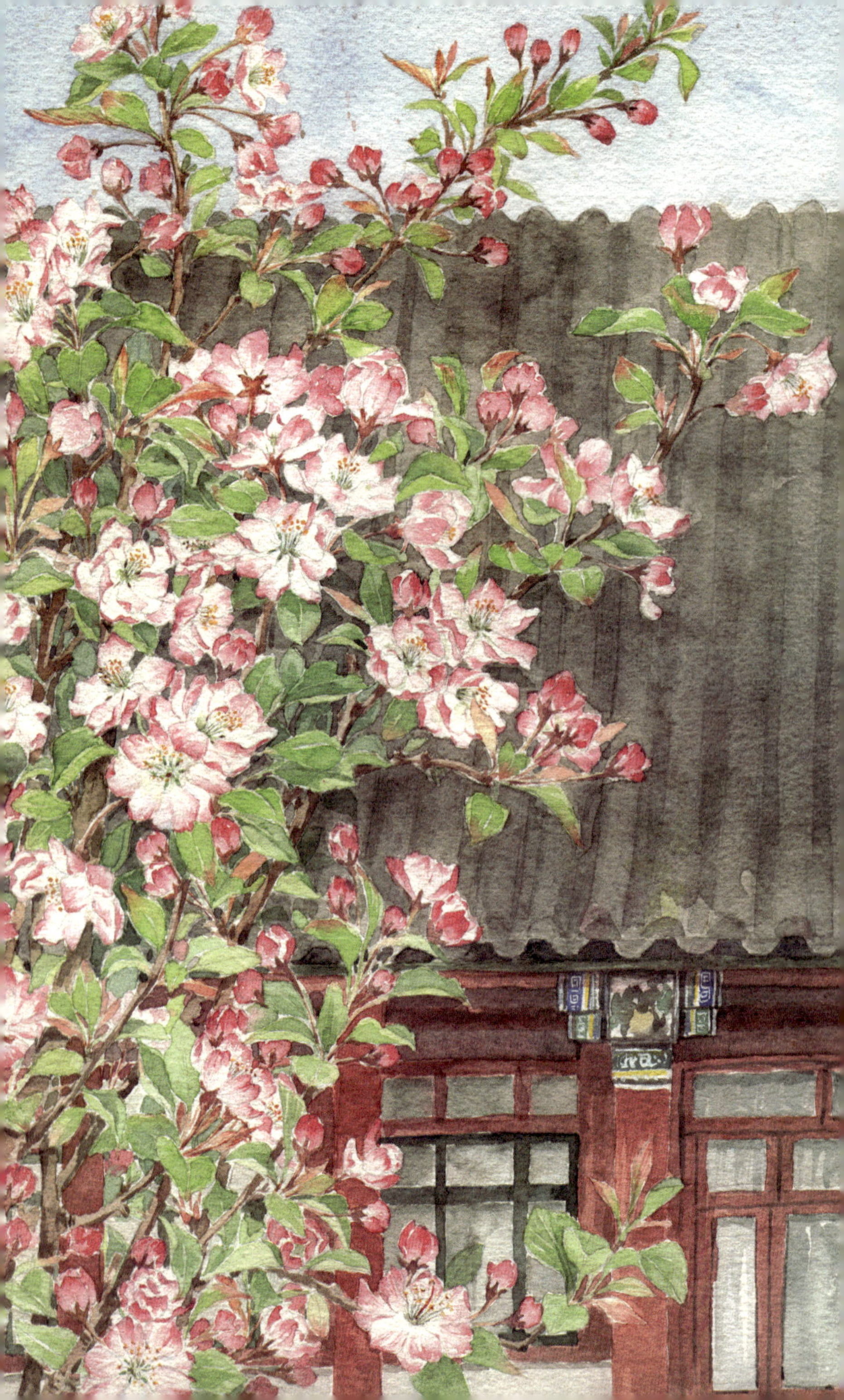

么海棠？""垂丝海棠。"树上的花儿果然朵朵下垂，花梗细弱嫣红如丝线，真是花如其名。开着猩红花朵、花梗极短的贴梗海棠也是她教我识别的。后来我查了书，才知道秋海棠是秋海棠科秋海棠属的草本植物，而垂丝海棠和贴梗海棠是蔷薇科木本植物。

第一次见西府海棠，是在北京的宋庆龄故居。我去的时候是四月中旬，院内的两株海棠树开着雪白的繁花，参观者在树下仰头赞叹。同行的朋友告诉我，西府海棠花蕾是粉红的，绽放后花色逐渐变浅，直至变成纯白。树下的牌子上介绍，宋庆龄生前十分喜爱海棠花，花开时常邀友人来院子里赏花，海棠果成熟时她还会做果酱，分给身边的工作人员品尝。古色古香的中式庭院里，花开得云蒸霞蔚，被花树筛过的阳光像洒了一地的碎银子。西府海棠不仅艳丽而且香气好闻，让人有种微醉的醺然。

明代王象晋《群芳谱》记载海棠有贴梗海棠、垂丝海棠、西府海棠和木瓜海棠四种。按照现代植物分类学，垂丝海棠和西府海棠为蔷薇科苹果属，木瓜海棠、贴梗海棠则为蔷薇科木瓜属。当然，木瓜属的木瓜并非水果市场里皮黄多籽，号称能美容的"木瓜"，后者是番木瓜科的番木瓜。

有一年我专门去上海辰山植物园看海棠。那里的海棠园内，光是木瓜属海棠就有三十多种，花色有亮粉色、粉红、亮红、橙红、白色等。名为"红色印记"的华丽木瓜同一株上有红白两色的花朵，枝条横向匍匐生长。贴梗海棠里的"雪白"开满一树白花，"雪御殿"白中带绿的初花看上去十分清丽。真是大开眼界。

春天的蔷薇科植物本就让人眼花缭乱。我有一个喜欢花草但对植物没有什么概念的朋友。好不容易记住了樱花有花柄而桃花直接贴着花枝开放的她，有一天给我发来一张垂丝海棠的照片，兴奋地告诉我樱花开了。仔细想想，垂丝海棠和樱花还真有点像，都有花柄且成簇开放，但仔细看还是有区别，樱花花瓣的尖端有缺刻，海棠的花色明艳，姿态更袅娜，"海棠妙处有谁知，全在胭脂乍染时"，"胭脂为脸玉为肌"，"初如胭脂点点然，及开，则渐成缬晕明霞，落则有若宿妆淡粉"，这些描绘都极传神。

识别植物不仅是一种能力，也是日常生活中的乐趣。从前读《红楼梦》时没有注意过书中海棠的品种，如今重读却有了不同的心得。第十七回中大观园内工程告竣，贾政带着贾宝玉游园题匾，走到一所院落，"院中点衬几块山石，一边种着数本芭蕉；那一边乃是一颗西府海棠，其势若伞，丝垂翠缕，葩吐丹砂。"这西府海棠和芭蕉正是"怡红快绿"的由来。

以前在皇家园林中，海棠常与玉兰、牡丹、桂花相配植，取"玉棠富贵"的意境。海棠花演变出来的海棠花式是我国传统装饰的一种，多为左右对称的四出型图案，常用于漏窗、园门、铺装、吉祥纹样等。

木瓜和木瓜海棠的果实成熟后带浓香，可入药，亦可加工后食用。苹果属海棠果实称为"海棠果"，形味皆似山楂，酸甜可口，可鲜食或制作蜜饯。

海棠纹漏窗

海棠果酱

苹果属海棠果实称为"海棠果",形味皆似山楂,酸甜可口,可鲜食或制作蜜饯。

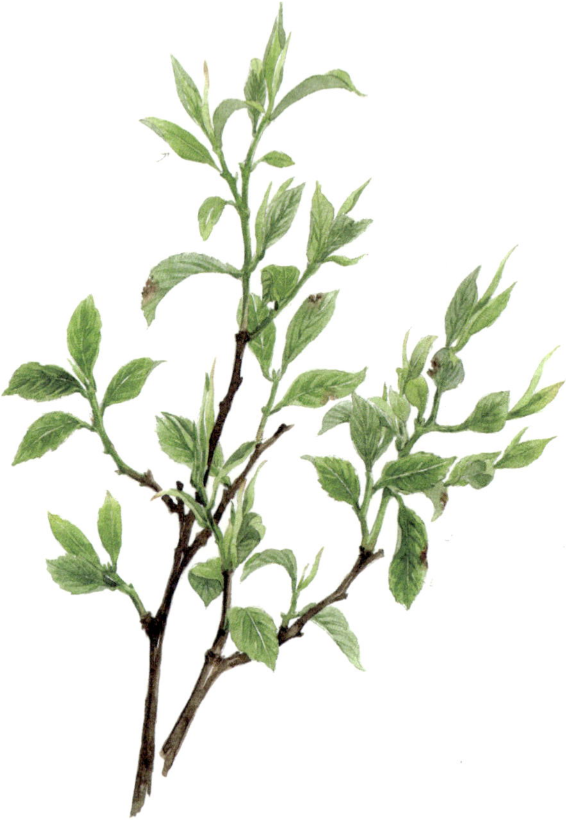

12

茶

山茶科山茶属灌木或小乔木
花期 10月至翌年2月

性喜光怕晒,喜暖怕寒,要求土层深厚、土质松疏、排水和通气较好的酸性土壤。茶叶含有多种有益成分,可作饮品。茶树花可饮用、入药,制作化妆品。茶树的果实可提取茶油。

且将新火试新茶

春茶是越冬后的茶树在春天里萌发的芽叶采制而成的茶。

春季温暖湿润,茶树经头年秋冬季的休养生息,营养成分丰富,加上春季病虫害少,茶叶的农药污染少,因此春茶尤其是早期的春茶,往往是一年中品质最佳的。

季节茶的划分标准并不一致。有的以节气分,清明至小满为春茶,小满至小暑为夏茶,小暑至寒露为秋茶;有的以时间分,5月底以前采制的为春茶,6月初至7月上旬采制的为夏茶,7月中旬以后采制的则为秋茶。

在江南生活的时间长了，每年春天一到，就开始期待龙井和碧螺春的新茶上市。龙井价贵，网购又如隔山买牛，品质等级真假难辨，索性自己到国营的老字号去买，一罐梅家坞一罐狮峰。梅家坞龙井入口有兰花香，狮峰龙井则有浓郁的豆香，都是早春植物的气息。

丰子恺曾在《春》这篇文章里写过江南早春的苦处，"天天愁寒，愁暖，愁风，愁雨"。春天有时的确让人发愁，幸亏有一杯新茶可期待。绿茶的品种我喝过不少，始终觉得龙井最合口味。

苏州的洞庭东山小叶种碧螺春味道也清美。泡碧螺春时先在杯中注水，用拇指食指中指撮点茶投入，卷曲如螺身披白毫的茶叶缓缓沉落，水面像是起了一层白雾，茶汤颜色渐渐转成银澄嫩绿，香气悠然而出。

碧螺春的茸毛容易让人误解。友人跟我说起过一件让她哭笑不得的事。人家送她一罐碧螺春，后来在家中遍寻不获，问了夫君，答曰："扔掉了！都长毛了还能喝吗？"闽南老家第一次见到碧螺春的亲戚也闹过同样的笑话。

苏州的朋友告诉我,茶树喜光又怕暴晒,当地茶园里多植枇杷、杨梅、梅花、松树,茶树种于果木间,不仅环境相宜,炒制出的碧螺春还有花果之香。茶树除了品种,水土和地质条件也重要。我喝过一款安徽泾县的火青,茶场海拔约有一千米,因为海拔高,茶树的树龄老,茶叶香气饱满,茶汤的颜色也明亮。当地人制茶的工艺不见得多么讲究,但茶的品质相当不俗。

苏州作家车前子在《茶墨相》写过碧螺春:"回忆里,往日美好,是二十年前在紫金庵喝碧螺春。可惜刚喝第二泡,外地来的小说家一定要我陪他去看泥塑,等回来再喝,茶味已过,就像眼睁睁看着邻家少女老了,却一点忙也帮不上。"

紫金庵的罗汉泥塑有名,是"天下罗汉二堂半"里的一堂。那里的茶室"听松堂"我也去过,窗外满目青山,"听松"果然不是虚言。有一次去苏州甪直游玩,中午在保圣寺斜对面的一家老面馆吃面。挑了一个二楼靠窗的座位坐下,发觉

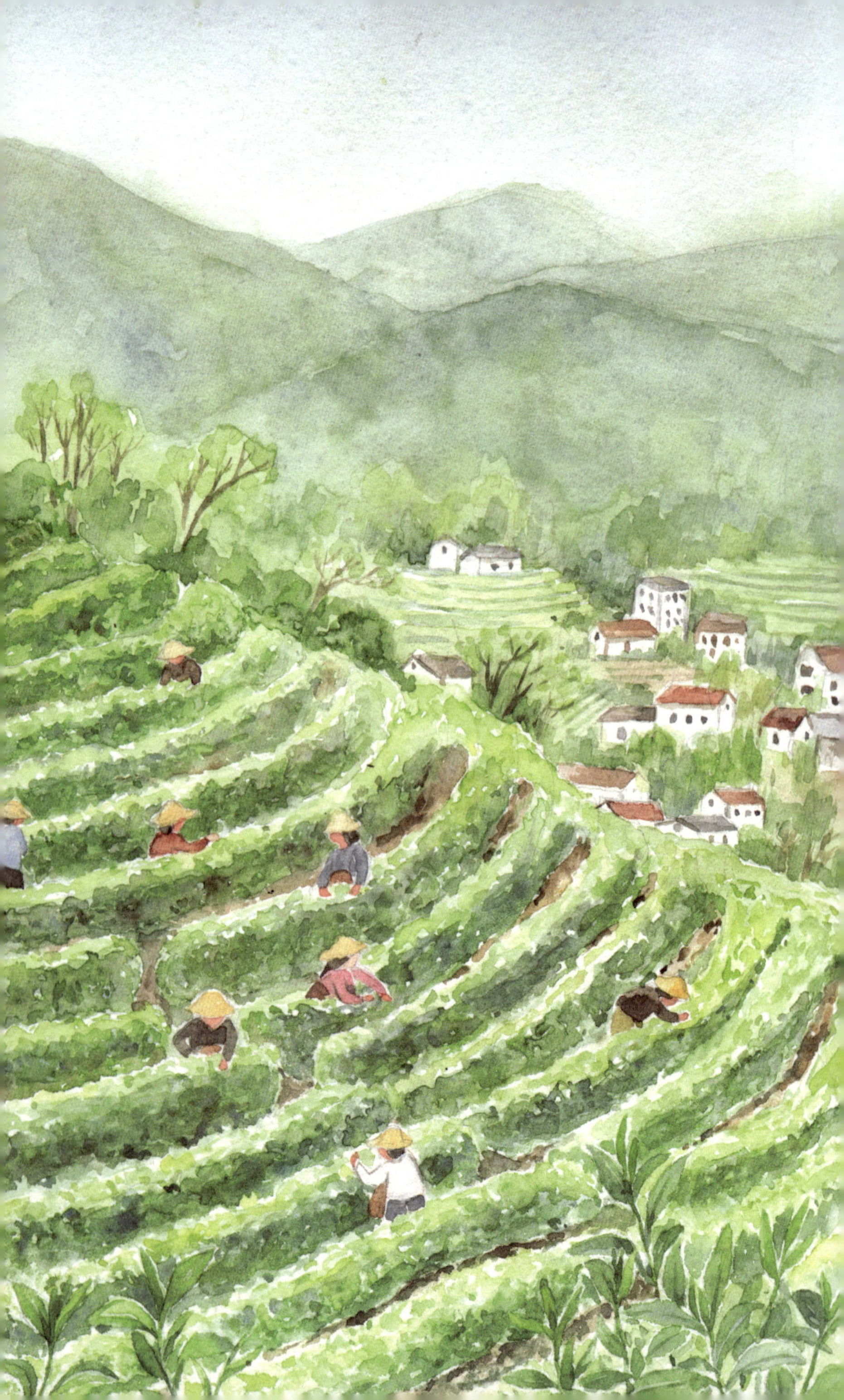

桌上的筷筒一律是带有梅花图案的青花瓷，面碗上绘着"婴戏图"，有种不动声色的考究。

面端上来时在碗里码得整整齐齐，面汤也清爽。隔窗可见河水、石桥栏杆和人家屋前的月季花。邻桌坐着一对不多话的男女，桌上没有面碗和菜碟，只见两杯冒着热气的碧螺春。这场景简直可以拿来当一部小说的开头。

有一年春分后几日去杭州的龙井村，见到那里的采茶人已开始采摘明前茶。腰间系着茶篓、头戴草帽的采茶女工半个身子隐没在茶丛里，看着颇有田园诗意。然而我知道农事劳作并不像想象中浪漫，采茶我在武夷山的茶叶基地里曾体验过，在一垄一垄茶田间缓缓移动，新鲜劲儿一过，很快就感到单调疲乏，几个小时下来也没采到多少茶芽。当然，采茶季在龙井村住上两天，踏踏青，看看绿意葱茏的茶山，闻闻茶农家家户户门口竹匾里上茶芽的香气，这诚然是种愉悦的经历。

龙井茶炒制的手势和工艺之复杂，外行人只有呆望的份儿。越是好的龙井越要依靠手艺和经验，一点都错不得。杭州的茶山，总让我想起苏轼《望江南》里的"休对故人思故国，且将新火试新茶。诗酒趁年华"。春柳春花、楼台烟雨和新火新茶既是暮春生活的写照，也是游子思乡情动的缘由。

一直以为茶只能热泡，后来发现冷泡茶也自成一味。绿茶冲入七十摄氏度左右的水，静置三十秒，然后投入大量冰块，令茶叶和茶汤迅速降温。三分钟后徐徐倒入搁满冰块的玻璃杯内，茶色犹如陈年威士忌一般华美，茶味冷冽清俊。

除了沏茶，茶叶也可入馔。茶膳里最有名的要属龙井虾仁，杭帮菜饭馆里一般都有这道菜。在家做也不麻烦，虾仁码味上浆后入冰箱冷藏半小时。炒时虾仁先过油，倒出沥干，葱姜爆香后捞出，下虾仁和泡开的龙井茶叶炒匀即可。龙井的茶香辟去了虾仁的腥气，点点嫩绿和白里透红的虾仁也相宜。茶叶在锅中停留的时间不能过长，否则茶叶的颜色会变黄，清香味儿也没了。

12 茶

  碧螺虾仁我也吃过，做法应该和龙井虾仁差不多，据说碧螺春还可以捣碎了做羹汤。茶泡饭适合夏天或者酒后来上一碗，我吃过乌龙茶茶水泡的饭，味道极清爽。茶汁加在米、面里烧粥，蒸馒头、擀面条也别有风味。

  茶末、茶粉还能用来做甜点。泡过的茶叶晒干了可以做枕芯，如今的人可能没这个耐心和雅兴了。小时候父母给我做过，清凉透气的茶枕，翻身时窸窣作响。茶树花洁白莹润，干燥花可作茶饮，我秋天去龙井村时买过。

  茶树的果实茶籽可制茶油，茶籽饼和茶籽粉则是茶籽榨过油的余渣，只是压制成饼和捣成粉的区别。家里已经有好些年不用洗洁精了，洗碗筷蔬果用的是茶籽粉，无污染又不伤手。茶籽粉所附的说明书中说它可用来洗发。我小时候确实用茶籽饼洗过头，一大壶水烧开，先将一小块茶籽饼掰碎泡在热水里，化开后就是天然的洗发水。

虾仁码味上浆后入冰箱冷藏半小时。炒时虾仁先过油，倒出沥干，葱姜爆香后捞出，下虾仁和泡开的龙井茶叶炒匀即可。

龙井虾仁

龙井的茶香辟去了虾仁的腥气，点点嫩绿和白里透红的虾仁也相宜。

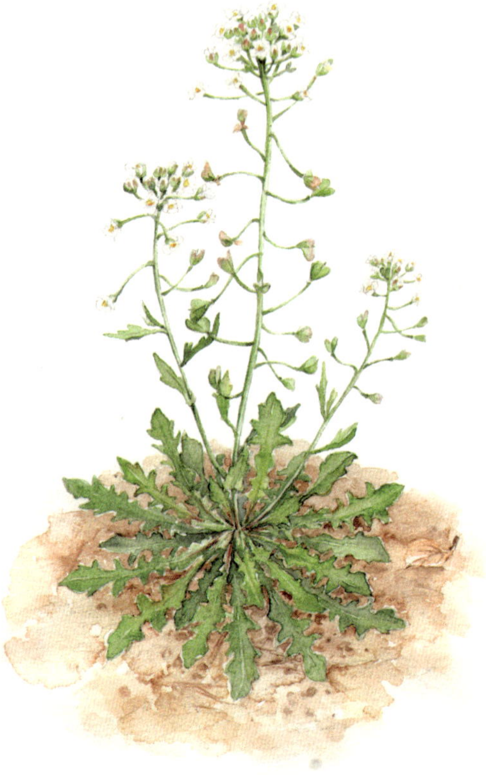

荠菜

十字花科荠属一年生或二年生草本植物
花期 4—6月

耐寒，喜冷凉湿润气候、中性或微酸性土壤。生长在山坡、田边及路旁，野生，偶有栽培。可全草入药，茎叶作蔬菜食用，种子含油，供制油漆及肥皂用，也可炼制香水。

春在溪头荠菜花

荠本是野草，广布于全世界的温带地区。在中国，这散布在田间地头的杂草非但不惹人厌，还是味道清美的野蔬。荠菜食用历史极长。"谁谓荼苦，其甘如荠。"荠菜的甘美《诗经》里早就歌咏过。

陆游的《食荠十韵》里，"惟荠天所赐，青青被陵冈"一句既点明了荠是野菜，又道出了它的生长环境和生命力，这朴素的诗句和荠菜真是相宜。"小著盐醯助滋味，微加姜桂发精神"则是诗人的独家秘方。

范仲淹曾作《荠赋》,"陶家瓮内,腌成碧绿青黄;措大口中,嚼出宫商角徵",因为荠菜,贫寒的日子有了清亮铿锵的诗意。苏东坡写过"时绕麦田求野荠,强为僧舍煮山羹",郑板桥则盛赞"三春荠菜饶有味,九熟樱桃最有名"。

汪曾祺先生回忆故乡的野菜,开篇说的就是荠菜:"荠菜是野菜,但在我家乡是可以上席的……荠菜焯过,碎切,和香干细丁同拌加姜米,浇以麻酱油醋,或用虾米,或不用,均可。这道菜常抟成宝塔形,临吃推倒,拌均。拌荠菜总是受欢迎的,吃个新鲜。凡野菜,都有一种园种的蔬菜所缺少的清香。"

在菜场买荠菜,不要被肥嫩的大棚栽培品种迷惑。看起来灰扑扑、干瘦的才是野荠菜,叶梗边缘镶着一道紫红边的香气更浓。但既然是野生,只能是偶遇,在农人自产自销的摊子上看到便赶紧入手。遍寻不获时,也会惆怅地问一句:"什么时候有野荠菜?""不好说呢。这两天不下雨的时候去挑几斤。"

13 荠菜

把逛菜场当作日常游历,和摊主总能聊上半天的友人叮嘱我,荠菜根一定要留着,荠菜特有的香气就是从根部散发出来的,香菜也一样,她说这是卖荠菜的人教她的。果然,野荠菜买回家,搓洗荠菜根时就能闻到一点荠菜的清香,沸水一汆香气越发浓郁。

择荠菜不能心急,必须一棵棵慢慢洗,把枯黄的老叶摘掉,根上的泥沙洗净。一大堆荠菜焯过以后缩了一小半,捞出用手轻轻挤干,手的力道要控制得当,挤得太干就浪费了荠菜宝贵的汁液。这活儿相当耗时,然而我向来把它当作一种日常的修行,择荠菜,一截截撕掉山芋藤上的外皮,择绿豆芽的根都是如此。做这些家务时,我能感觉到自己的一颗心慢慢静下来,仿佛接近了禅宗里的"砍柴即砍柴,担水即担水,做饭即做饭"。

许多地方的菜场里并没有野荠菜卖,于是喜欢荠菜的人们便到野地、田埂边、公园里去挑。有人用剪刀,有人带着小铁锹,甚至有的只是徒手在地上薅荠菜。有一次我在上海的共青森

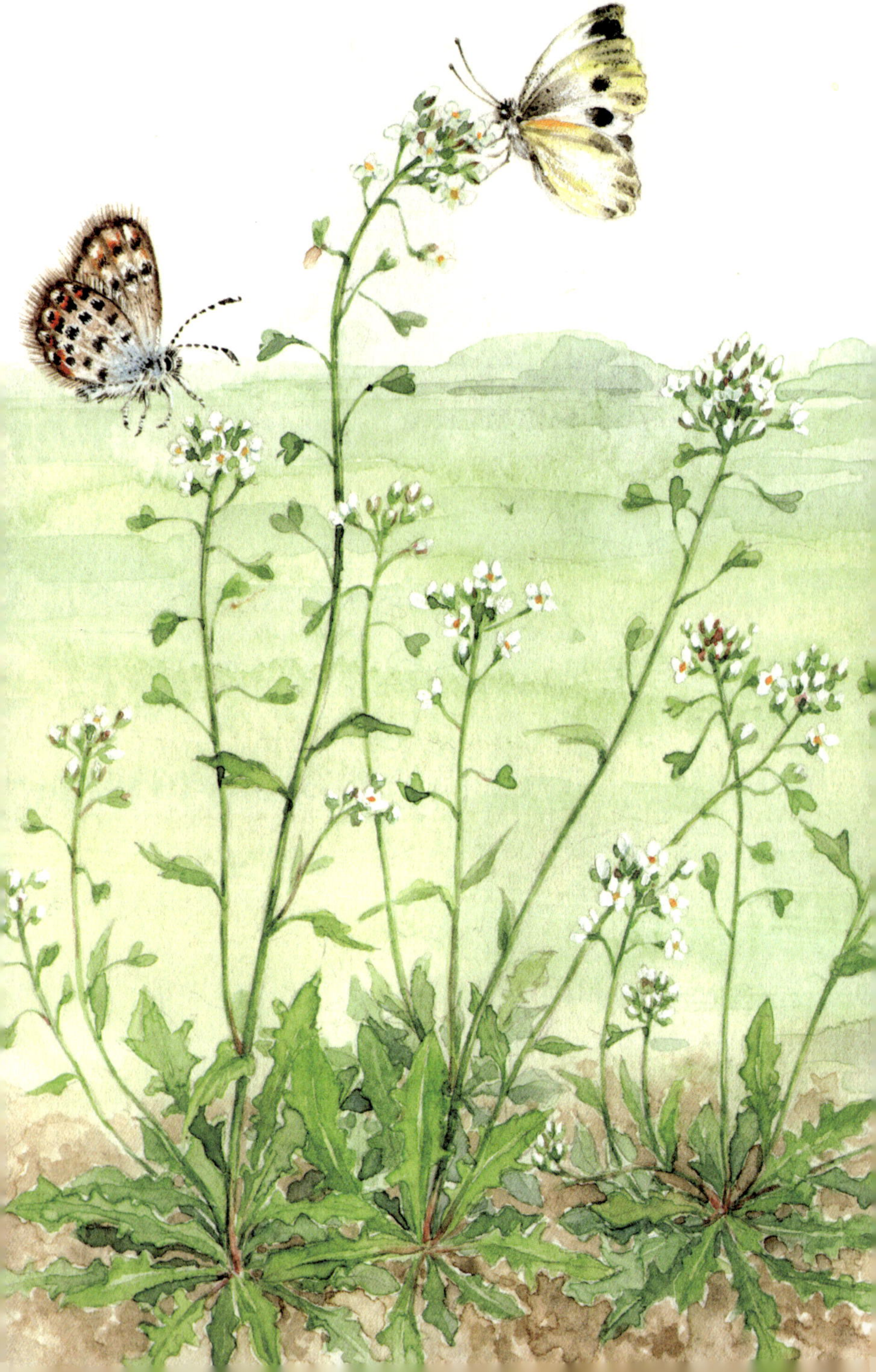

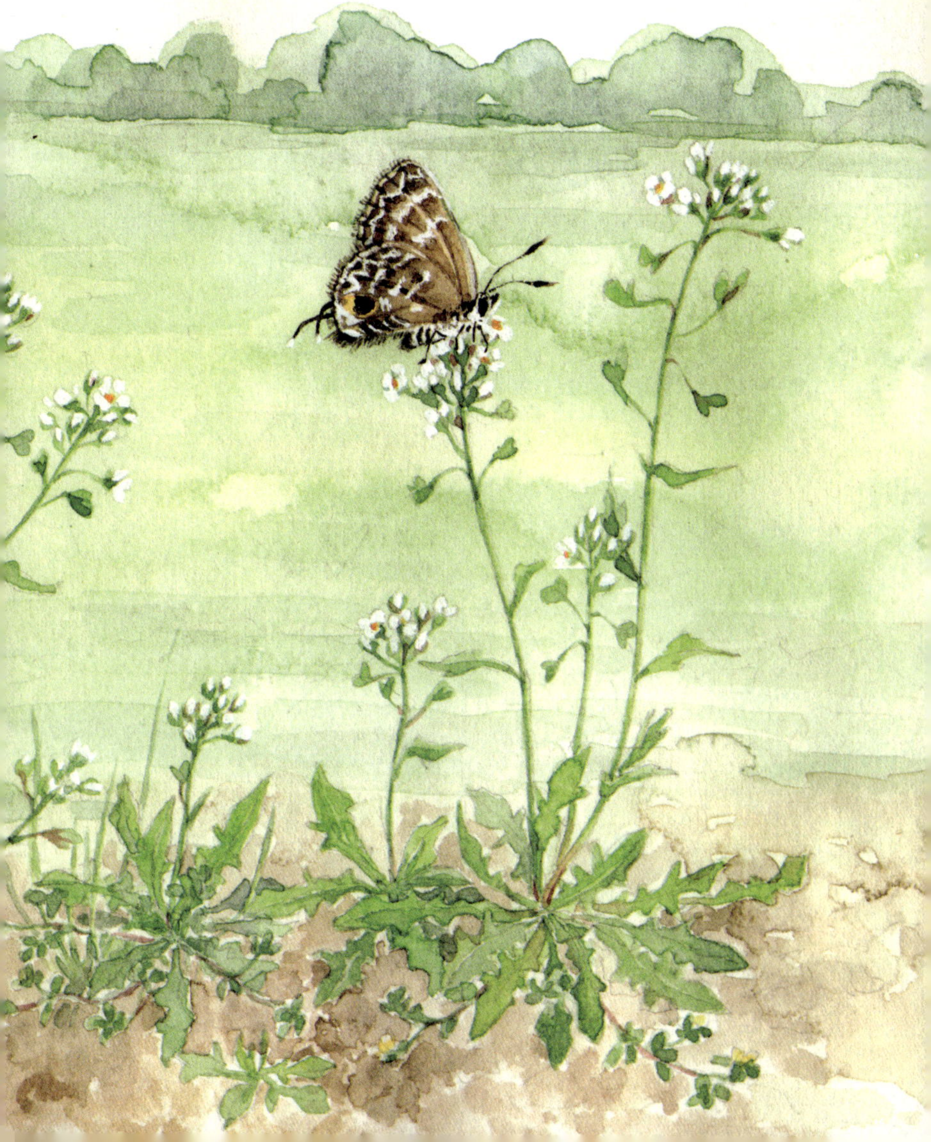

林公园遇到一位高手，他见我饶有兴趣地观察他的劳作，颇有些得意地向我展示他挖荠菜的利器——一把倒三角形的小铲刀。他蹲在地上，铲刀绕过其他野草，贴着地从一棵荠菜的根部横着铲过去，将它完整地齐根切下，放进随身的布袋里，动作极熟练。我看得啧啧赞叹。

荠菜是报春的使者。"城雪初消荠菜生，角门深巷少人行。柳梢听得黄鹂语，此是春来第一声。"元朝诗人杨载的《到京师》平实又优美。辛弃疾的"春在溪头荠菜花"，写出了荠菜蓬勃的野趣。如今人们去野外挑荠菜，并非单纯为了口腹之欲，也有踏春和亲近自然的意思。

荠菜的做法并不算多。凉拌荠菜、荠菜炒春笋、荠菜炒年糕吃的是清鲜。荠菜馄饨、饺子，荠菜炒肉和荠菜肉丝豆腐羹，则是清香和荤香的巧妙结合。荠菜的野韵辟去了肉的浊气，荤油则让荠菜不致枯涩。袁枚在《随园食单》中提到的"炒荤菜用素油，炒素菜用荤油"就是这个道理。荠菜香带着田野青草的气息，正是春的滋味。经过一整个冬天的苦寒，初春荠菜的鲜香让人心神为之一振,一个真实而丰饶的春天就此拉开序幕。

荠菜抽薹,开出碎米般的白色小花后就老了。陆游的《食荠》里也说"挑根择叶无虚日,直到开花如雪时"。荠菜花是典型的总状花序,花朵簇拥在细长的花葶上。荠菜花特殊的香气可驱散虫蚁,《物类相感志》里记载:"三月三日,收荠菜花置灯檠上,则飞蛾、蚊虫不投。"

民间历来有春天食用荠菜、佩戴荠菜花辟邪的习俗。明代田汝成的《西湖游览志余》写三月三日,"男女皆戴荠花。谚云:三春戴荠花,桃李羞繁华。"传说中王宝钏苦守寒窑十八年,春来在田野上干农活,头上插的正是荠菜花。细细碎碎的小白花像她清苦的生活,虽然卑微却端庄自持。荠菜花凋落之后会长出倒三角形或倒心形的果实,果荚的形状看起来有点像钱包,因此荠菜的英文名叫"牧羊人的钱包"。

据说开花后的荠菜煮鸡蛋有清火明目的药效。出于好奇,我曾特意去附近的草地上拔了些开过花的荠菜,洗净后把它们团在一起，放在锅里加水熬煮。慢慢地，锅里的水变成了浅绿色，整个厨房的空气里弥漫着一种草木特有的香气。另取一个小锅煮鸡蛋，熟后捞出，拿一把勺子轻轻在蛋壳上敲出裂缝，然后将它们放入荠菜汤里继续小火慢煮，就像做茶叶蛋一样。煮好的鸡蛋剥开来有美丽的淡绿色纹路，带一点荠菜的清香。

荠菜洗净后把它们团在一起，放在锅里加水熬煮。慢慢地，锅里的水变成了浅绿色，整个厨房的空气里弥漫着一种草木特有的香气。

另取一个小锅煮鸡蛋，熟后捞出，拿一把勺子轻轻在蛋壳上敲出裂缝，然后将它们放入荠菜汤里继续小火慢煮，就像做茶叶蛋一样。

荠菜煮蛋

煮好的鸡蛋剥开来有美丽的淡绿色纹路，带一点荠菜的清香。

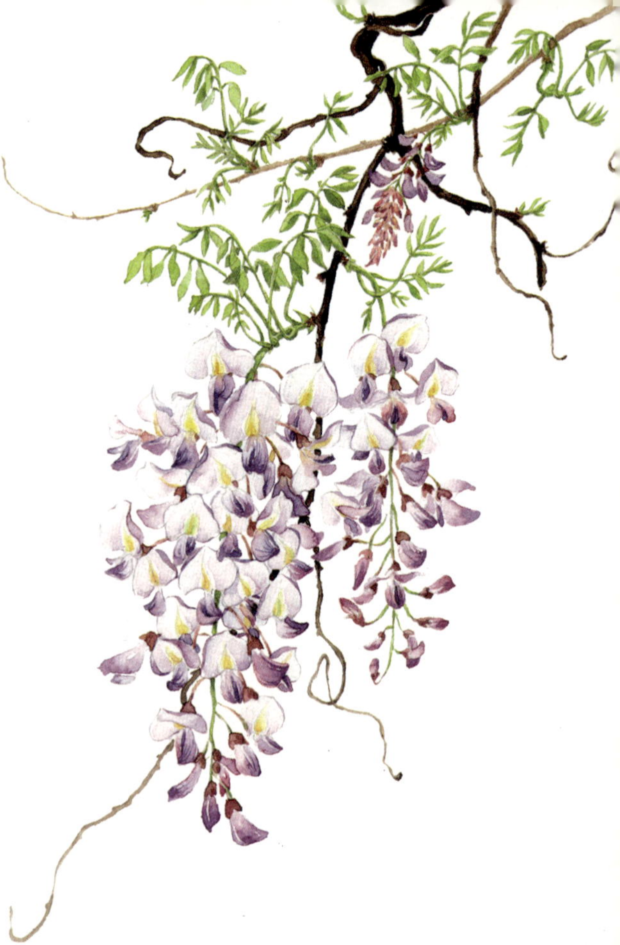

14

紫藤

豆科紫藤属落叶藤本植物
花期 4月中旬至5月上旬
果期 5—8月

喜开阔阳光充足的环境，不择土壤。多生于山谷沟坡、山坡灌木丛中。花可食用、可提炼芳香油，并有解毒、止吐止泻等功效。紫藤皮则有杀虫、止痛、祛风通络等作用。

紫藤挂云木

早春，桃、李、樱花和海棠都开了，紫藤仍是毫不起眼的枯瘦老藤。等到仲春，气温升高了它才抽穗，起先是青绿色的花序，花苞慢慢膨大起来，显出青紫色的花瓣，然后便开出一架紫色的烟霞来。花序上端盛开的花瓣浅紫色，下面的花苞则是深紫的，花色由上而下逐渐加深，像是特意晕染过。

这些年，每到暮春时节，去苏州拙政园、留园或忠王府看紫藤都是我赏春的一大乐事。上海的嘉定紫藤园建成后，我又多了个看花的好去处。花开时架子上垂落的花穗几乎可以拂到游人的头顶，如透光的珠帘一般华美。

　　整个四月，我没事就去附近的"夏朵咖啡"里发呆。那里的门口用大缸栽着一大株紫藤。落拓不羁的藤花满墙翻飞，挥洒着攀援植物特有的流浪气质，洒满玻璃房的屋顶和二楼的阳台。即便是阴天，紫藤花也隐隐有光。从花前经过的，不乏脸上闪过诧异神色的路人，仿佛眼前猝然升起一场未曾预告的烟火，或者是遇见一个打扮得过于华美的人，就这样走在大街上。

　　因为喜爱紫藤，日本两大紫藤园——北九州的河内藤园和枥木县的足利花卉公园我都去过。河内藤园里的弧形紫藤"隧道"，藤花遮天蔽日绚丽如虹，几乎让人疑心是在梦里。足利花卉公园也极美。一进园子，藤花的香气扑面而来。紫藤花开如海，其中有棵独立成树的紫藤树龄已近一百五十年，"千朵万朵压枝低"的紫藤无法承受自身的重量，园方不得不搭起钢铁的支架来支撑它。这里的门票价格采取浮动制，花开得越盛门票越贵。园里还有清丽的白藤，在紫色的汪洋

14 紫藤

里显得尤为皎洁。

紫藤花色姿态俱美,黄岳渊、黄德邻父子合著的《花经》里描述紫藤的文字也漂亮:"紫藤缘木而上,条蔓纤结,与树连理,瞻彼屈曲蜿蜒之伏,有若蛟龙出没于波涛间。仲春开花。"紫藤是文人诗画中的常客。李白的"紫藤挂云木,花蔓宜阳春"一派春和景明的气象,秦观的"醉卧古藤阴下,了不知南北"则有股仙气。

尽管白居易用紫藤来比喻攀附权势的小人和妖妇,但也不得不承认它"好颜色"。汪曾祺画过一幅紫藤,"满纸淋漓,水气很足,几乎不辨花形",画上题曰"后园有紫藤一架,无人管理,任其恣意攀盘而极旺茂,花盛时仰卧架下使人醺然有醉意"。

汪曾祺在小说《鉴赏家》里也写过紫藤:画家把一幅紫藤拿给卖果子的叶三看。叶三看出紫藤里有风,问他如何得知,答曰"花是乱的",画家大喜。徐渭《杂花图卷》里的紫藤里也看得到风,那风把墨色的紫藤吹出了萧瑟之感。

最常见的紫藤有两种，一种是中国原产的紫藤，另一种是日本的多花紫藤。日本最古老的贵族姓氏之一"藤原"里的"藤"字指的就是多花紫藤，藤原家的家纹也是艺术化了的多花紫藤的花枝。多花紫藤和中国紫藤很像，但多花紫藤比中国紫藤花序上的花多，花期更长；多花紫藤一般花叶同出，而中国紫藤的花比叶早出。此外，多花紫藤的茎朝顺时针方向旋转，也就是右旋，而中国紫藤的茎是左旋的。

无论是东亚还是欧洲，园艺学家们都已培育出花序更长、更密集，花色更多样的紫藤。嘉定紫藤园里栽培的紫藤品种就是多花紫藤，是日本冈山县和气町赠送的，颜色有深紫、白紫、粉红，还有白中带绿的。

紫藤花香气甜而雅，可用来制作藤萝饼、紫藤糕和紫藤粥。藤萝饼是老北京春季有名的花馔。清末的《燕京岁时记》中载："三月榆初钱时，采而蒸之，合以糖面，谓之榆钱糕。四月以玫瑰花为之者，谓之玫瑰饼。以藤萝花为之者，谓之藤罗饼。皆应时之食物也。"

王敦煌在《吃主儿》中也写过藤萝饼，做法是把紫藤的花蕊和花蒂去掉，只留花瓣，洗净后用白糖腌渍一个小时，再拌以猪脂油丁调成馅儿，包成扁平状的包子。

赵珩的《老饕漫笔》中写到北京中山公园几十年前卖过藤萝饼，原料就是公园里盛开的紫藤花，花摘下后用糖腌制为馅，现摘现做现卖，保持了花的色泽和清香，把当时市面上饽饽铺里的藤萝饼都比了下去。午后两三点钟，游人赏花赏得有点倦，用过香片和四色果碟，恰好藤萝饼出炉，要上一碟趁热品尝，是春日里的寻常美事。

中山公园的茶座里早就不卖藤萝饼了。如今人们吃藤花，除了烘制紫藤饼、紫藤蛋糕，包紫藤包子和馄饨，还有家常的紫藤炒鸡蛋。把紫藤花瓣清洗干净，焯一下水，加在蛋液里，就能炒出一盘略有花香味的藤花炒鸡蛋。

有人推荐过一个简单的吃法：把藤花用盐水洗净，控干水分，撒上面粉和匀，上笼蒸一刻钟左右，吃时拌上白糖，这样的吃法清淡爽口，与紫藤甜美芬芳的气息更相宜。

最常见的紫藤有两种，一种是中国原产的紫藤，另一种是日本的多花紫藤。

中国紫藤的花比叶早出

紫藤（中国）

紫藤（中国）

多花紫藤（日本）

日本最古老的贵族姓氏之一"藤原"里的"藤"字指的就是多花紫藤，藤原家的家纹也是艺术化了的多花紫藤的花枝。

多花紫藤（日本）

多花紫藤一般花叶同出

中国紫藤的茎是左旋的

多花紫藤的茎朝顺时针方向旋转，也就是右旋

如果想把紫藤的香气保留得长久一点，也可以将它制成紫藤酱。具体做法是摘取花苞较多的花串，冲洗晾干，加适量细砂糖拌匀，必须把所有的花都沾裹到，用消过毒的罐子密封保存，半个月后酱成。紫藤酱用来煮奶茶、煮粥、做甜点都有很好的增香调味作用。

原料就是公园里盛开的紫藤花，花摘下后用糖腌制为馅，现摘现做现卖，保持了花的色泽和清香。

藤萝饼

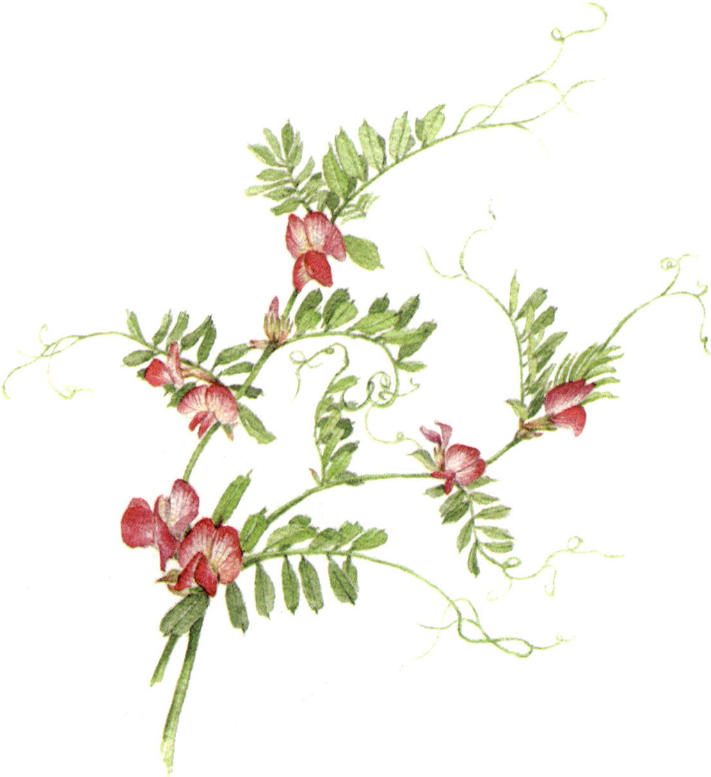

15

救荒野豌豆

豆科野豌豆属一年生或二年生草本植物
花期 4—7月
果期 7—9月

我国各地均有分布,生长在荒山、田边草丛及林中。为绿肥及优良牧草。

采薇采薇

阳光和暖的春日,走过公园的绿化带时,忽然瞥见草丛里有几朵粉紫的小花。蹲下来一看,原来是救荒野豌豆。救荒野豌豆紫红色的蝶形花极美。

紫这个颜色人类用来装饰自己容易出丑,植物自带的紫色却怎样都好看。粉紫娇柔,深紫神秘,除了救荒野豌豆,豌豆花和蚕豆花我都喜欢。救荒野豌豆细软如丝的茎和羽状复叶也精致可爱,叶轴的顶端还有一对触角似的卷须,这一片草地没有灌木可以攀爬,它便随意匍匐着。

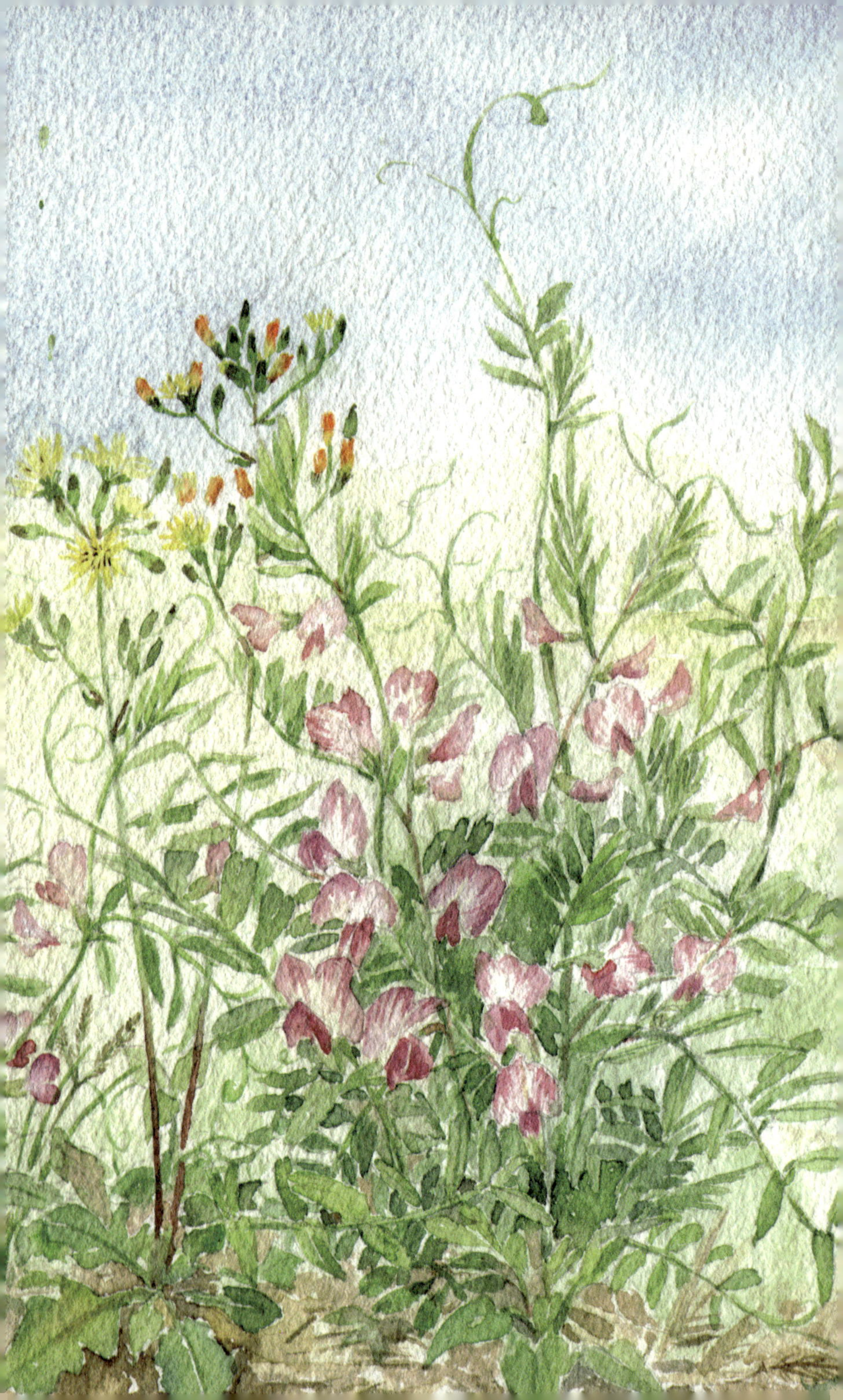

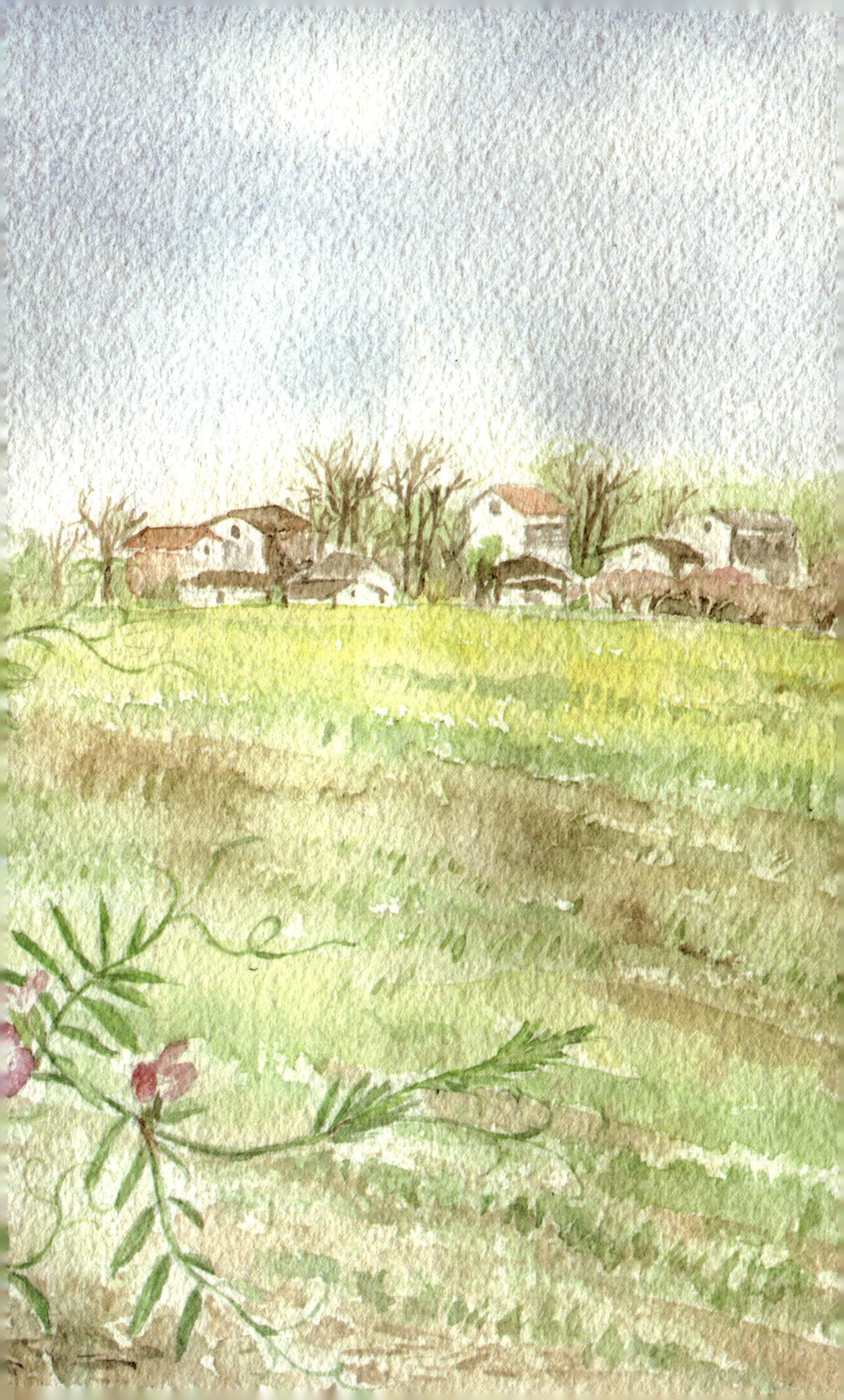

救荒野豌豆就是《诗经》里"采薇采薇，薇亦作止"的"薇"。薇从发芽、柔嫩到粗硬，时光流逝，采薇的征夫却仍无归期。真正因采薇出名的恐怕要属拒食周粟采薇而食的伯夷叔齐。"薇"似乎因此有了清高隐逸之气，"采薇"则成了心怀理想和气节的象征。

鲁迅先生的《故事新编》里也有篇《采薇》，但它并非称颂伯夷和叔齐的骨气，而是以他们的不知变通来讽刺世人。烤薇菜、薇汤、薇羹、薇酱、清炖薇、原汤焖薇芽、生晒嫩薇叶……作者编排出来的这些薇菜的吃法读来令人发笑。

《东坡诗集》里有篇《元修菜》。苏东坡老家四川，蜀人把薇叫作巢菜，故人巢元修也喜欢这种野菜，他便把它称为"元修菜"。被贬黄州的苏东坡托好友从四川带来元修菜的种子植于坡下。"烝之复湘之，香色蔚其馟。点酒下盐豉，缕橙芼姜葱。那知鸡与豚，但恐放箸空……"，洒脱通达的诗人把这野菜写成了珍馐，毫无传说中夷齐兄弟的凄苦之感。

救荒野豌豆可作蔬菜食用。《本草纲目》里描述它"茎叶气味皆似豌豆,其藿作蔬、入羹皆宜",三国吴学者陆玑《毛诗草木鸟兽虫鱼疏》中也说它"其味亦如小豆。藿可作羹,亦可生食"。这田间地头随处可见的野菜,古时候是人们常吃的野蔬,也是饥荒年代中的救命口粮,这一点从它的名字就可得知。即便在现代,救荒野豌豆也起过救荒的作用,困难时期的人们不仅采摘它的嫩茎叶充饥,还收集它成熟的种子磨成粉做粑粑吃。

我在苏州的一个古镇游里买到过村里的老妇人上山采来的救荒野豌豆嫩苗。回家后就像普通的豌豆苗那样炒来吃,两把炒出来只有一小碟。我按照老太太的嘱咐多放了点油,炒好后果然没有生涩感,只留植物的清气。

我认识一个贵州人,他说春天吃火锅时,掐一把救荒野豌豆的嫩尖在锅里一烫,那股鲜香味儿真是让人爱煞。云南的朋友说她最喜欢的吃法是凉拌,救荒野豌豆尖儿焯水浸泡后,淡淡的草香搭配蘸水一起吃,口感温柔缠绵。

有一年我在四川旅行,在农家吃饭时点了一道当地的滑肉汤。肉下锅后主人说要去屋前的地里采一把苕菜。我以为是红薯的嫩叶，好奇地跟了出去，到了院子里一看，这不就是救荒野豌豆吗？后来我查资料才知道救荒野豌豆有个别名叫"苕子"。随着苕菜一起下锅的还有一大勺猪油，这鲜香腴美的汤我至今念念。

救荒野豌豆花果期的植株和种子含有毒素，采食茎叶要选在开花前，种子必须加热到熟透才能去掉部分毒性。除了作为野菜食用，救荒野豌豆也是民间常见的牧草和药用植物。它茎叶柔软适口性好，马、牛、羊、猪、兔子和家禽都喜食。救荒野豌豆全草入药，有祛风除湿、清热解毒的功效。

与救荒野豌豆同科同属的广布野豌豆我在野外看到过。它的植株比救荒野豌豆大，一枝花序上通常有二三十朵花，花冠颜色从深紫、蓝紫向白过渡，像一根晾衣杆上挂着的一溜渐变色小裙子。广布野豌豆也能食用，凉拌、煲汤、炒肉皆可，据说它的味道先苦后甘，甜味绵长细腻，可惜我没有尝过。

"野豌豆"这个名字容易造成误解，让人以为它是豌豆

15 救荒野豌豆

的野生品种。事实上，野豌豆属于豆科野豌豆属，而豌豆则属于豆科豌豆属。豌豆并非由救荒野豌豆驯化而来，它起源于地中海和中亚细亚一带。

春天采一小枝野花回家插瓶是件赏心悦目的事。比起花店里那些形态过于规整的园艺花木，野外的草花更有一种自然的风流态度。救荒野豌豆小巧，我给它配的小花器，高度正好可以让它的细茎垂下来趴在桌面上。第二天它的花就谢了，茎叶却依旧青碧可爱，卷须调皮地伸着，我总怀疑自己一转头它就会往前爬。

"采薇采薇"曾是远征的戍人思归的歌谣，如今变成了都市人亲近自然的日常诗意。救荒野豌豆疗救的不再是辘辘饥肠，而是蛰伏了整个寒冬的心。在草木葳蕤的春光里，拈起一枝薇菜就像翻开一部中国文化史。

救荒野豌豆

广布野豌豆,与救荒野豌豆同科同属,植株比救荒野豌豆大,一枝花序上通常有二三十朵花,花冠颜色从深紫、蓝紫向白过渡,像一根晾衣杆上挂着的一溜渐变色小裙子。

广布野豌豆

■

救荒野豌豆小巧，我给它配的小花器，高度
正好可以让它的细茎垂下来趴在桌面上。

第二天它的花就谢了，茎叶却依旧青
碧可爱，卷须调皮地伸着，我总怀疑
自己一转头它就会往前爬。

野豌豆瓶供

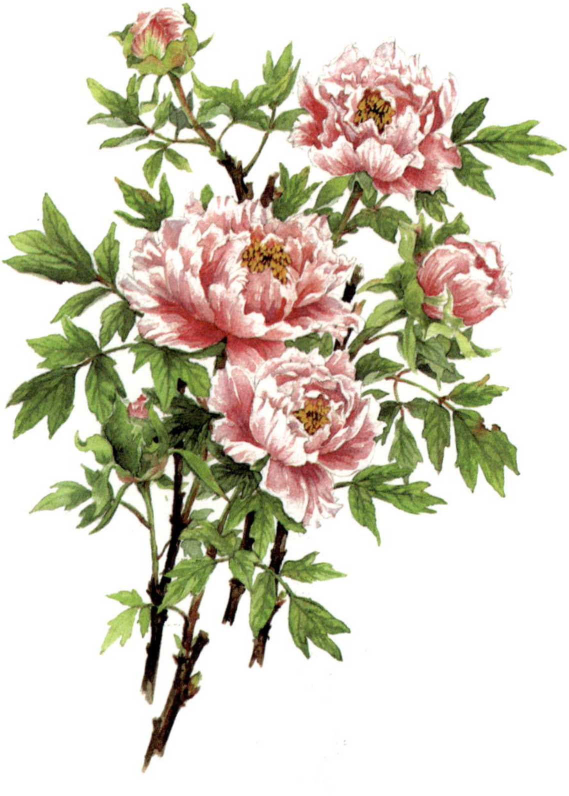

16

牡丹

芍药科芍药属（也有毛茛科芍药属的分法）
多年生落叶灌木
花期 4月中下旬到5月中旬
果期 6月

性喜温暖、凉爽、干燥、阳光充足的环境。品种繁多，色泽亦多，以黄、绿、肉红、深红、银红为上品，黄、绿为贵。遍布我国各地。
有极强的观赏价值，牡丹花可入馔，丹皮可入药。

唯有牡丹真国色

说起牡丹，最为人熟知的要属刘禹锡的《赏牡丹》："庭前芍药妖无格，池上芙蕖净少情。唯有牡丹真国色，花开时节动京城。"

牡丹称王是在唐以后。牡丹原产于我国长江流域与黄河流域诸省山间或丘岭中。《神农本草经》记载："牡丹味辛寒，一名鹿韭，一名鼠姑，生山谷。"关于牡丹的传说，最出名的是百花俱开牡丹独迟，因此被武则天贬到洛阳的故事。史实则是武后在老家太原众香寺见牡丹奇异，下令移植到洛阳栽种，舒元舆《牡丹赋》的序言中记录了此事。

牡丹花大而艳丽，尤其是复瓣的牡丹，称得上"姹紫嫣红"。牡丹看实物时极美，但在国画里却不上相。有人说牡丹俗气。在我看来，是牡丹盛大、繁复的美和神气难以描摹，因此只能将它归结为过于浓艳。"早知不入时人眼，多买燕脂画牡丹"，清者自清，但拿牡丹说事毕竟有欠公允。牡丹本不俗，俗的是人心。

我有个笃信藏传佛教的朋友，看到灼灼开放的牡丹，赞叹牡丹的神韵极像唐卡上欢喜吉祥的莲花。在日常生活中，我对鲜艳的色彩多少有点排斥，但花草植物绚烂的美却是例外。牡丹花的雍容，颇让人感到自身的局促和寒伧。当然，物以稀为贵，友人春天去洛阳，发现她心目中矜贵无比的牡丹，竟然被酒店放在楼道里用作普通的装饰盆花，惊讶得说不出话来。

第一次看见牡丹，是在邻居阿婆的花坛里。那是一棵白牡丹，品种是"凤丹"。花刚打了骨朵，我就时常去花坛边

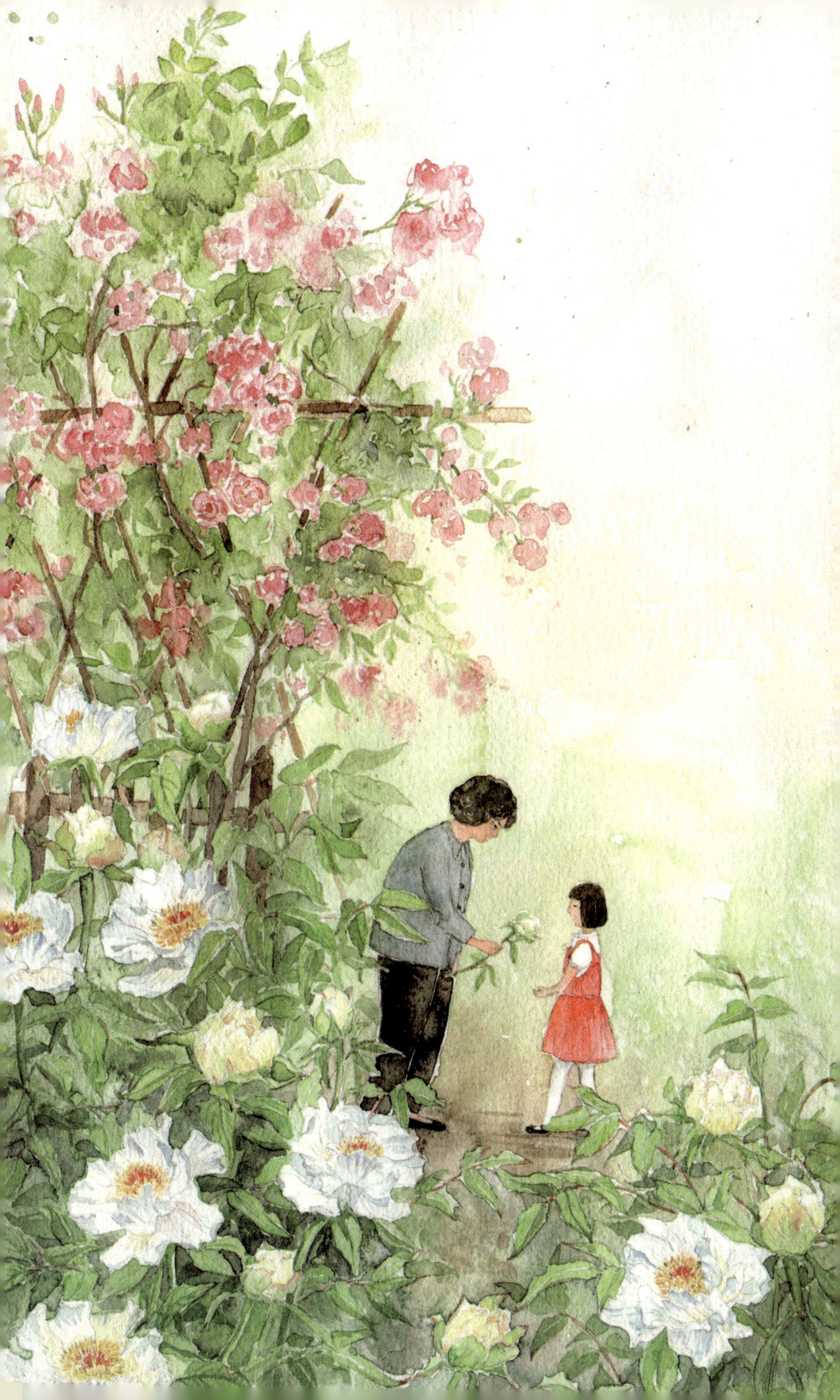

徘徊。阿婆见我天天去，剪了一朵花苞送我。回家插在花瓶里，谁知一转头的工夫，它居然把原先紧闭的花瓣全都笔直打开，那姿态仿佛在说："我开给你看好了！"白得近乎透明的花朵好似有魂魄在其中。我的心都凉了，这样激烈的开法必然是不长久的，果然第二天花瓣就落了。牡丹真是倨傲的花。

我家附近同济初级中学的操场上也有几棵凤丹。我有点纳闷中学的操场上为何要种牡丹，直到有一天看到操场入口处挂着药草园的牌子才恍然大悟。凤丹牡丹又名"铜陵牡丹"或"铜陵凤丹"，其根皮与白芍、菊花、茯苓并称安徽四大名药，《中药大辞典》中有"安徽省铜陵凤凰山所产丹皮质量最佳"的记载。那药草园平日里是紧锁着的，说服校门口的保安开锁让我进去拍几张凤丹的照片，着实费了一番口舌。

曾在《收获》杂志上读过作家苏炜的一篇散文，名叫《母语的诸天》，写的是作者在美国的生活，其中有一段写到了张充和。这位书法、昆曲、诗词大家，"本应在书卷里、画轴里着墨留痕的人物"，赠他后院的香椿芽，也常与他聊起日常花事。说到牡丹和芍药,老太太说:"牡丹和芍药,一种是木本,一种是草本,在英文里都是Peony,花的样子也差不多,所以美国人永远分不清,什么是中国人说的芍药和牡丹的区别。"

其实何止是美国人,我周围也常有人分辨不清牡丹和芍药。某日我在花店,恰好听到一位顾客在问店员牡丹和芍药的区别,年轻的店员朗声答道:"牡丹是单瓣的,芍药复瓣。"我听得笑出声来。在识花这件事上,无知并不可怕,信口开河误导他人就有点说不过去了,尤其是鲜花行业的从业人员。

我忍不住向她们科普了一番:牡丹和芍药最直观的区别,在于牡丹是木本植物,天寒叶子虽会凋落但木质枝干犹存,芍药则是草本,枝干柔弱,秋天地面以上的部分都会枯萎。牡丹与芍药的花期也不同,芍药的花期比牡丹要晚两周左右。

荷包牡丹也容易让人误以为是牡丹的一种。荷包牡丹是罂粟科的草本植物,和芍药科的牡丹并无关系。荷包牡丹的花瓣上圆下尖向下弯曲,看起来像一颗小小的心,花芯吐出尖端宛如悬着的一滴血,难怪英语里叫它Asian bleeding heart(滴血的心)。

它的花朵形状和荷包倒是有几分像,至于为何冠以"牡丹"的名字,答案众说纷纭,也许是荷包牡丹的叶片形状与牡丹相似,花期也相同的原因吧。上海植物园将荷包牡丹种在牡丹园里,但你只要记住牡丹是木本植物这个基本常识,就能判断出纤细柔弱的荷包牡丹并非牡丹家族的成员。

牡丹花色缤纷,有白、粉、红、紫、墨紫、绿、黄、雪青色和复色。2021年春天,我在上海崇明花博会的"百花馆"里将上百盆牡丹一次看了个够。见到一盆花朵呈球形的"豆绿",连忙招呼同伴过来欣赏:"绿牡丹!"也许是我看起来颇像个"识货"的人,有位工作人员走过来说:"绿牡丹确实比较少见,不过有些绿牡丹花苞的颜色是绿的,绽开以后就变成白色了,要仔细看才能看到一丝浅绿。那边的黄牡丹更稀少。"我走过去,果然看见了几株浅黄的"姚黄"。

喜欢研究物种的友人曾告诉我,人工种植的黄牡丹有艳度不足的缺点，真正鲜黄的牡丹，是生长在云南的滇牡丹和西藏的大花黄牡丹。他曾在林芝拍到过大花黄牡丹，花色极为明艳。

牡丹可入馔。古人吃牡丹的方法，有面拖油炸，也有汤焯、蜜浸、肉汁脍。牡丹花瓣可做牡丹羹或配菜，还可以制作香醇的牡丹露酒。和所有能食用的花一样，焯水凉拌这样的吃法最不易出错。据说牡丹花瓣吃起来清香鲜甜毫无苦味。如今物流发达，只要是花期，牡丹并不难买，喜欢吃花的人大可一试。

牡丹银耳羹

新鲜牡丹花瓣若干,洗净,用白砂糖渍十五分钟,备用。

先煮泡过的银耳,再放冰糖,最后将牡丹花瓣入锅烧开即可。

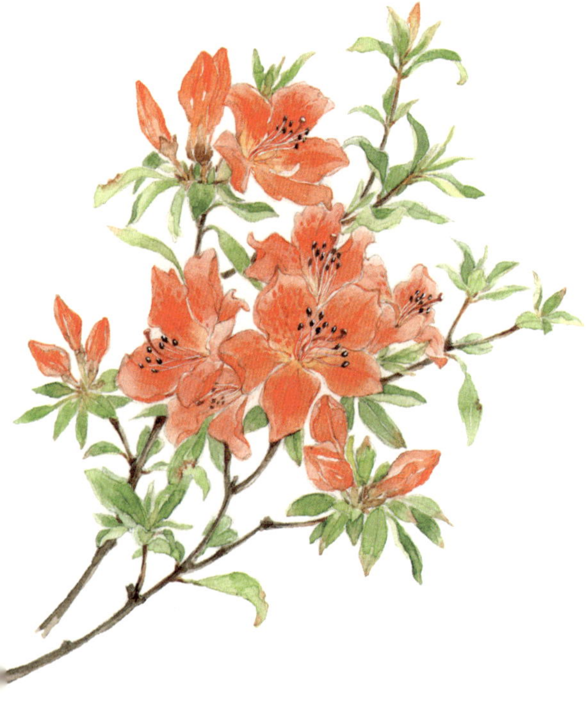

17

杜鹃

杜鹃花科杜鹃属常绿、落叶灌木
是杜鹃属九百多种植物的通称
花期　春季

性喜凉爽、湿润、通风的半阴环境，既怕酷热又怕严寒（高山杜鹃略耐寒），喜酸性土壤。原产东亚。是著名的花卉植物，具有较高的观赏价值。有的花可食用，全株可入药。

最惜杜鹃花烂漫

"杜鹃"原为鸟名。相传古代蜀帝杜宇,死后化为鸟,日夜哀鸣啼血染成了满山的杜鹃花。其实杜鹃花除了大红外,还有白色、淡红、杏红、粉紫、雪青等。关于杜鹃花的记载,最早见于东汉的《神农本草经》。唐代杜鹃已移栽入庭园成为观赏植物。

白居易曾写过"九江三月杜鹃来,一声催得一枝开。江城上佐闲无事,山下劚得厅前栽","最惜杜鹃花烂漫,春风吹尽不同攀"也同样出自他的手笔。明朝的《大理府志》

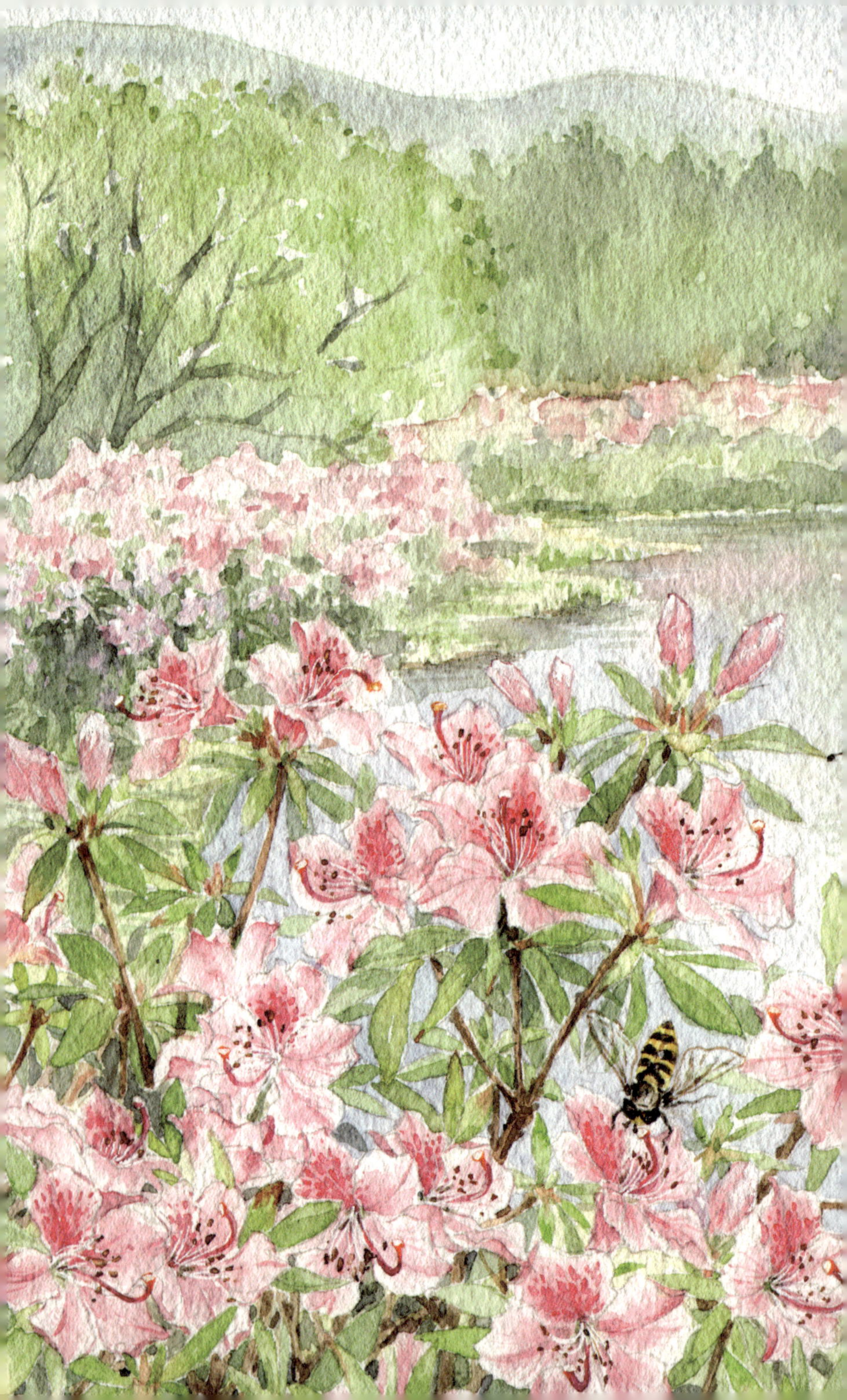

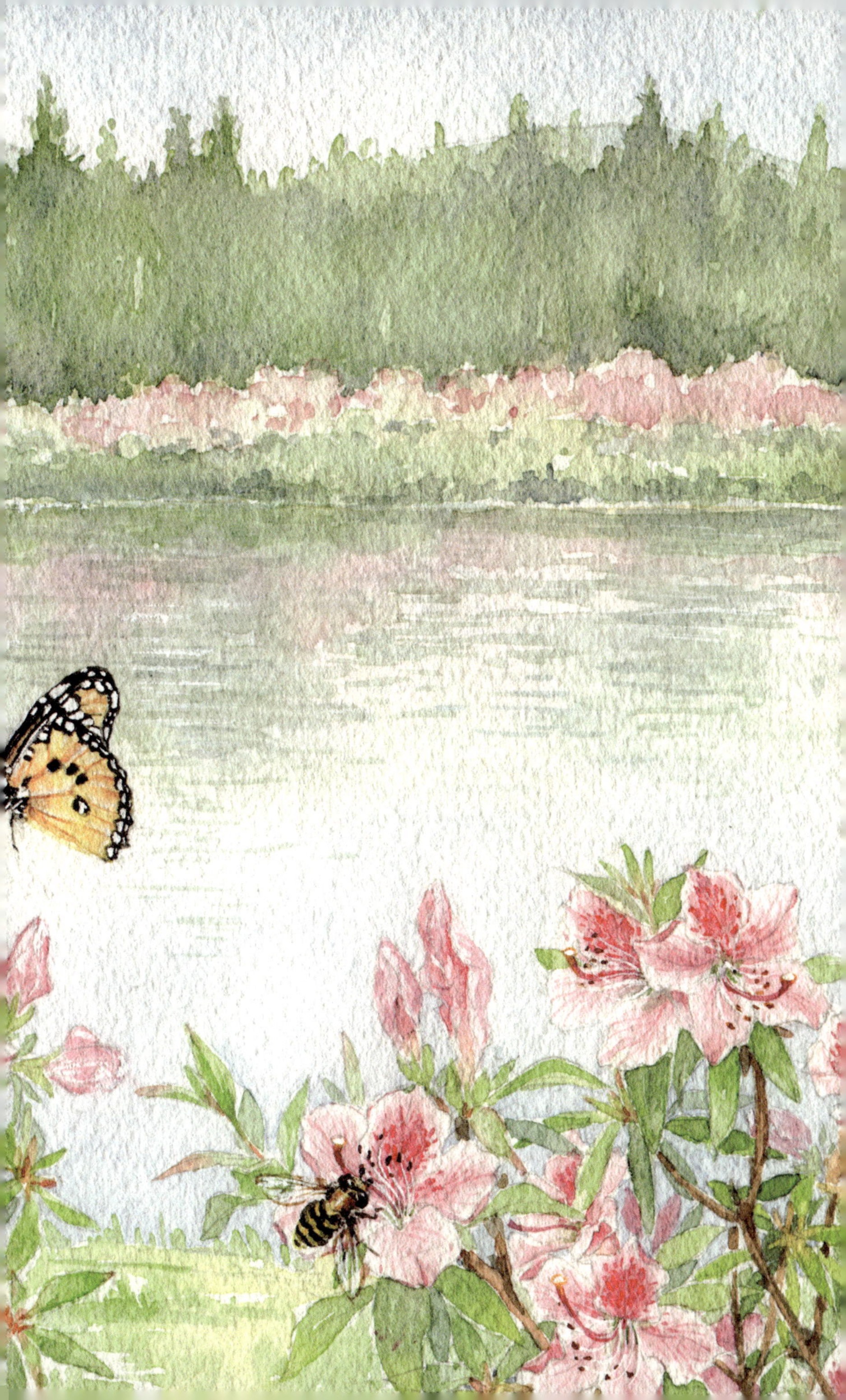

中称杜鹃花"谱有四十七品",可见已把杜鹃分过品类了。

在上海,杜鹃三月底就开了。公园和市中心的绿化带里种植的杜鹃,最常见的是淡粉或艳粉色的锦绣杜鹃。但想看杜鹃花海,还得去滨江森林公园,那里有华东地区杜鹃种植面积最大的杜鹃园。盛花时节在水岸边行走,花团锦簇的杜鹃花与水光相映衬,这烂漫的春光让人几乎忘记了自己正置身都市。

在真正的山野里看杜鹃其实是另一种感觉。我在浙江的天台山赏过艳红的云锦杜鹃,在湖州顾渚村附近的小山上看过映山红。山路旁、杂树丛中偶然探出一株枝叶疏朗的野杜鹃,开得自在烂漫,远非城市绿化带里修得中规中矩的杜鹃可比。

某年春天去浙江丽水旅游,爬山时瞥见巨石顶上一丛淡紫的杜鹃,远远望去,心想这样清丽的花只合长在这幽谷之中。春末去四川的海螺沟,山道两旁的太白杜鹃和雪山杜鹃有的含苞,有的已经在枝条顶端绽开一簇或红或白的花朵。我掏出相机拍了又拍。看见杂木林里有棵纯黄杜鹃,我兴奋地奔过去，险些在树下湿滑的松针上滑一跤。

同伴问我拍的都是些什么花。"杜鹃。"看着他一脸疑惑，随后拧着眉毛努力思索的样子，我猜他脑子里对杜鹃的认知只是城市花坛里修得齐膝高的柔弱灌木，和眼前这些仙风道骨的巨大树型杜鹃完全对不上号。当地人告诉我们，再过一个月，高山杜鹃就会开得漫山遍野。可惜这春山我无缘得见。

来自青岛的同事说她父亲常抱怨杜鹃不好种，无论如何精心养护总是恹恹的模样，花开得也稀疏。她告诉父亲，上海的杜鹃并不娇贵，只是寻常的绿化植物。父亲开始不信，后来在上海看了街边的杜鹃，悻悻然表示："毕竟是南方！"看来杜鹃的确择风土。

友人沈胜衣长居岭南，他在《杜鹃花下曾读诗》一文里写到了中山大学草坡上各色绚丽的杜鹃和陈寅恪夫妇咏杜鹃的诗。关于家里种的一盆杜鹃，他如此写道："这盆杜鹃，我从来只是淋淋水，基本没施过肥，更从未修枝、换盆换泥什么的。但它每到春天繁卉都随之拥至，逐日繁艳，粉红夺目（近年则先后神奇地冒出几朵深红和洁白的杂于其中，使我益发惊叹）。最盛期的三月，往往三几百朵齐放枝头；至于落了又开的总数，更是数不胜数，美不胜收……"那位青岛种花人如果读了这篇文章恐怕会为之气结。

闽南老家有位长辈擅长养花，每次过年去他家拜年总能看到开得正好的盆栽杜鹃。他懂得根据气温来侍弄杜鹃，缤纷的杜鹃开在春节真是应时应景。

有些品种的杜鹃花可食用，映山红在乡间就常被馋嘴的孩子采来吃。作家沈书枝的《八九十枝花》里描述过她小时候在山里掐映山红吃的经历："我们吃花，折一枝带嫩叶的枝子，将花摘下，掐去尾部，抽去花丝，穿到枝子上。如此穿了许多朵，成密密一枝花串，才放口大嚼。这样的滋味，比单吃一朵来得甘酸与好玩。也掐一点抱回去养，路上有时候忍不住，又吃一点，看看若再吃花就不好看了，这才停下来。"

我查过可食用的杜鹃产品的资料，发现大白杜鹃、迎红杜鹃、锈叶杜鹃和粗柄杜鹃都可入菜。在云贵和宁夏的某些地区，人们会将大白杜鹃的花朵采下来，浸泡后当蔬菜炒食。我在微博里关注了一位云南的植物达人，他一到春天就会描述自己如何吃花：洁白硕大的大白杜鹃吃起来有点像奶油味，加几片蒜大火快炒即可。或是新鲜蚕豆剥出豆瓣，加清水煮软后加入杜鹃花也是一道清新的春日鲜汤。

他说杜鹃花采摘后不可直接吃，必须经过清洗浸泡，去除大部分生物毒素才能安心食用，即便是处理过的杜鹃花也不能贪嘴，食用不当可能会导致恶心、呕吐、昏迷，甚至有生命危险。杜鹃花大多有毒，《神农本草经》记载的"羊踯躅"就是为人熟知的例子。"踯躅"意为徘徊不前，动物误食杜鹃容易中毒。

杜鹃花虽有毒性，但全株皆可入药，可用于清热解毒、活血止痛，毒素还能用来治疗高血压和心脏病。有的杜鹃叶、花还能提取芳香油，木材可做工艺品。

豆米杜鹃花汤

新鲜蚕豆剥出豆瓣,加清水煮软后加入杜鹃花也是一道清新的春日鲜汤。

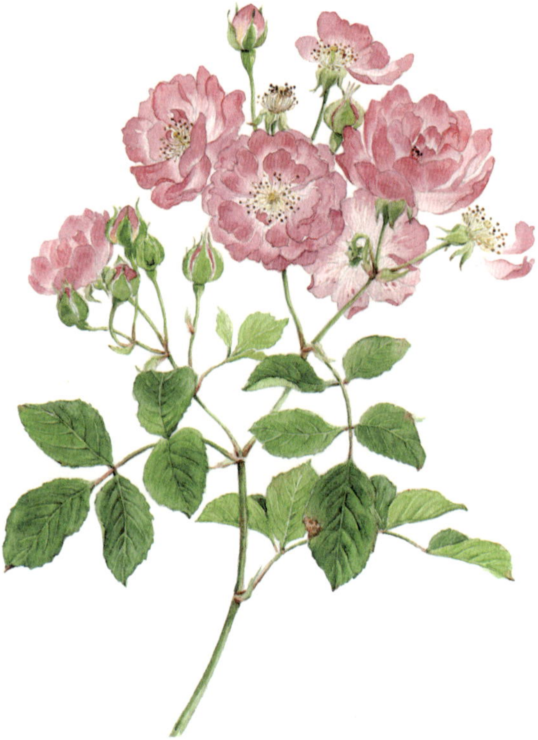

18

蔷薇

蔷薇科蔷薇属落叶灌木
花期 4—9月

性喜阳，较耐寒。广泛分布亚、欧、北非、北美洲寒温带至亚热带地区。在我国北方大部分地区都能露地越冬。
有野生和众多园艺品种，是著名的观赏花种，可入食入药。

且伴蔷薇

"此草蔓柔靡，依墙援而生，故名墙蘼。"李时珍的《本草纲目》如此描述蔷薇。"柔靡"二字真是传神。"无力蔷薇卧晓枝"，这是秦观《春日》里雨后的蔷薇。

即使不下雨，蔷薇花开时的花枝也需要扶持。我在友人的院子里见过盛开的蔷薇，一枝花的花序上七八朵花同时开，枝条沉得往下坠，主人只得用细绳将它们固定在架子上。风一吹，就是"水晶帘动微风起，满架蔷薇一院香"的写照。

同样是蔷薇科植物，玫瑰给人的感觉端庄富丽，蔷薇则柔弱娇俏。《红楼梦》第三十回里，龄官在蔷薇架下用金簪子在地上画满"蔷"字。这个画面真是唯美，蔷薇一般袅袅婷婷的少女，让宝玉看得发呆。

蔷薇开在暮春，宋代张炎感叹"东风且伴蔷薇住，到蔷薇、春已堪怜"。"春归何处？寂寞无行路。若有人知春去处，唤取归来同住。春无踪迹谁知？除非问取黄鹂。百啭无人能解，因风飞过蔷薇。"黄庭坚的这阕《清平乐》曲笔转折跌宕起伏，末一句写黄鹂借着风势飞过蔷薇花丛，蔷薇花开意味着春天走到了尽头。用蔷薇给春天作结，既优美又符合节气时令。

在上海，我见到的蔷薇大多是紫红色的浓香粉团蔷薇。四五月间，花瓣繁复的花朵开得满枝都是。看着这轻盈的红云笼罩在篱边墙头，总会不由得慢下脚步，凑上前去赏看，闻一闻那甜蜜的香气。一丛丛蔷薇次第开放，开到尾声时每天落得一地都是花瓣。若是下点小雨，更让人生出惜春的惆怅。有时还会看到变色粉团蔷薇，在同一株花上，可以看到粉色、浅粉色和白色的花，花初开时颜色较深，随后渐渐变浅。

18　蔷薇

赏蔷薇，我最喜欢去苏州的艺圃。花开时节，一踏入园子，长巷与高墙之间的半空里，密密匝匝开满紫红的蔷薇。越过门厅走在曲巷里，古朴的砖雕门楼、花窗，斑驳的粉墙和清丽的蔷薇相映成趣。初开的花娇红，已经开了几天的花颜色较淡。深浅错落的花色在园林变幻的光影里，仿佛有精魂在其中。

蔷薇花季也是艺圃游客最多的时候，我怕热闹，有时会特意选在花将落未落的时候去，园子里的绿意更深了，蔷薇虽然过了最好的时候，但另有一种沉静的味道。有一次走出艺圃，看见附近一户人家的蔷薇逾墙而出，团团簇簇橙红的花朵披拂在墙头和砖砌的门楣上。这样的景致在大城市里几乎已经绝迹了，在苏州却是转个弯就能遇见的寻常风景。

苏州人爱花，不必说园林，就是河边、弄堂口、店门前的花草也打理得很好。我在苏州的平江路上还看到过一株白玉堂。白玉堂是野蔷薇的变种，开复瓣的白色花朵，花瓣顶端有小小的裂口，看起来十分秀气。

藤本、花小，一枝上开很多花的是蔷薇，月季正好相反，

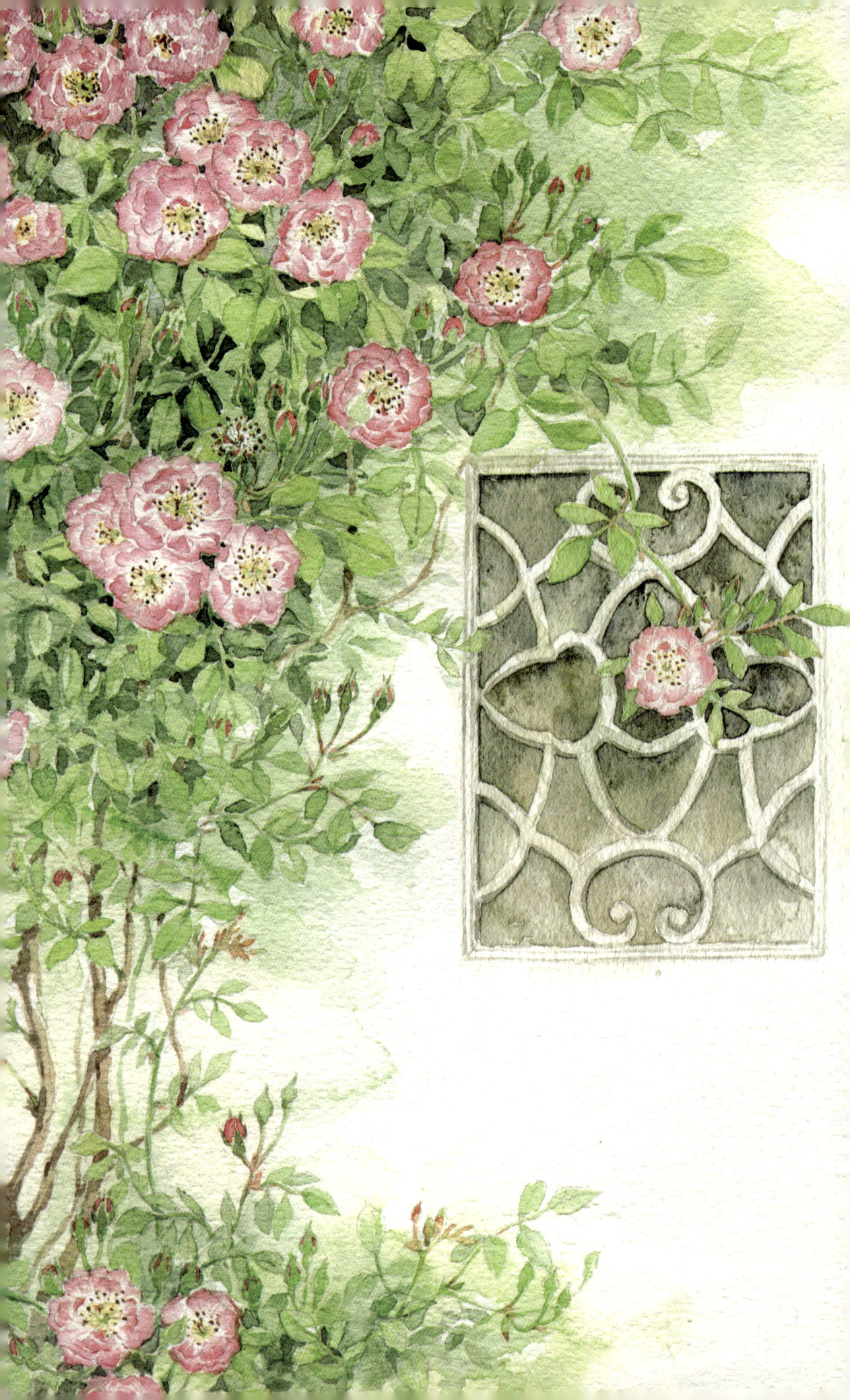

18 蔷薇

许多人以此为依据来分辨蔷薇和月季,实际上这两类植物区分起来并没有这样简单。我在上海的永康路上看到过一种粉红色成簇开放的小花,起初以为是蔷薇,后来才知道这是一种藤本月季,品种名叫"安吉拉"。除了一些藤本月季,木香花的粉色品种也容易与蔷薇混淆。

其实我只是喜欢花草,并非植物达人,但朋友们往往对我过于信任。他们总会发些图片让我帮着辨认。对于那些没头没脑的蔷薇类花朵照片,我的回复通常是这样的:"这是哪里拍的?花有多大?给个参照物吧。拜托不要光拍正面特写,能不能看看叶子和枝干?"即便他们满足了我的要求,我也多半给不了确切的答案。整个蔷薇属大约有两百种植物,有时查植物图谱或者网络资料也很难对照分辨。

友人网购了一株"月季",殷勤地照看了几个月,结果开出来是单瓣的白色小花,根本不是卖家秀里花型饱满的月季。这一次我倒是很快得出了结论,那不是月季而是野蔷薇。野蔷薇是蔷薇的原生品种,常被当作现代月季品种嫁接用的砧木，许多观赏蔷薇都是它的变种。"你上次买的'苦瓜'后来结出了黄瓜，这回不算太离谱。"我也不知道这算不算安慰。

园艺蔷薇给人的印象是柔媚，野生品种的蔷薇则有另一种风情。我在四川旅行时见过扁刺峨眉蔷薇，它直立在山坡上，花朵白得发亮，花茎上深红宽扁的刺看起来颇具威胁性。

蔷薇是香色并具的观赏花，宜置于花架、花格、花墙等处，也可用作花海或花拱门。蔷薇可培育成盆花，有些品种还可作切花。蔷薇的根、茎、叶、花、果实均可药用，有清暑和胃、利湿祛风、和血解毒的功效。蔷薇入药，内服多用水煎，外用多研末撒敷患处。

鲜蔷薇可以用来煮"蔷薇粥"，米粥熬好后调入几朵洗净切细的蔷薇和少许白糖即可，每日一剂，可起到清热解暑的作用。

蔷薇拱门

米粥熬好后调入几朵洗净切细的蔷薇和少许白糖即可,每日一剂,可起到清热解暑的作用。

蔷薇花粥

打碗花

旋花科打碗花属草本植物
花期 4—10月

又名燕覆子、兔耳草、兔儿苗、扶七秧子、小旋花等。喜凉湿环境,适应性强。常见于田间、路旁、荒山、林缘、河边、沙地草原。可作园林植物,其根药用。

鼓子花开春烂漫

电视剧《昼颜：工作日下午3点的恋人们》2014年在日本播出，收视率获得当年夏季日剧亚军的佳绩。2017年，《昼颜》出了电影版，讲述的是其中一对婚外恋男女的后续故事。日语中所谓的"平日昼颜妻"，指的是利用工作日下午三点到丈夫和孩子回家之前的一小段"真空期"，与婚外恋对象约会的家庭主妇。

"昼颜"其实是花名。俄国诗人爱罗先珂曾写过一部童话剧《桃色的云》，鲁迅先生将其译为中文，在译后记《记剧中人物的译名》中说明"昼颜"是白天开放的旋花。他说，译作保留一些植物的日语名字是考虑到审美的缘故，如果翻译成汉语，有些译名恐怕会折损原作的美感。

诚如先生所言，"昼颜"翻译成汉语，就是旋花科打碗花属的打碗花，有些地方的人也叫它"面根藤""狗儿蔓""兔儿苗"等。听上去神秘唯美的"昼颜"，一旦换上了这些名字，感觉就像写字楼里的白领丽人Angela，回家过年忽然被街坊邻居唤作"翠花"。

据考证，《诗经》里"我行其野，言采其葍"里的"葍"就是打碗花。"言采其葍"即采摘此花食用。打碗花确实可以食用，它的嫩茎叶可炒食、蒸食、凉拌、煮汤，花和根可入药。

明代朱橚在《救荒本草》中记述："葍子根俗名打碗花，一名兔儿苗，一名狗儿秧。幽蓟间谓之燕葍根，千叶者呼为缠枝牡丹；亦名穰花。生平泽中，今处处有之。延蔓而生，叶似山药叶而狭小。开花状似牵牛花，微短而圆，粉红色……"

19 打碗花

宋代的洪适将它描述为"抽蔓类牵牛，含芳伍萱草"。《本草纲目》里记载："其花不作瓣状，如军中所吹鼓子，故有旋花、鼓子之名。"

打碗花乍一看确实有点像俗称"喇叭花"的牵牛花，但仔细看还是能分辨出它们的区别。从外形来看，打碗花的花冠比牵牛花小一圈。打碗花一般以白为底色，饰以淡淡的粉红，而牵牛花除了白色，还有浅蓝色、深蓝、紫红等，花色较浓艳。打碗花的叶子小，呈三角状戟形，牵牛的叶子较大，近圆形或宽卵形。打碗花虽然也喜欢攀缘缠绕，但攀爬能力远远比不上牵牛花。地栽的牵牛花，可以从墙根一路爬到屋檐，攀附在树木和电线杆上。打碗花却爬不高，大多只是伏地生长或缠绕在田里农作物的枝干上。

打碗花长在篱边地头，在荒山野岭、海岸的沙砾岩上也常见它的踪影，花期从春到秋，甚至初冬时节也勉力开着。虽然是寻常草花，但自有一种质朴的田园风情。唐朝有位士子写过一首《睹野花思京师旧游》："曾过街西看牡丹，牡

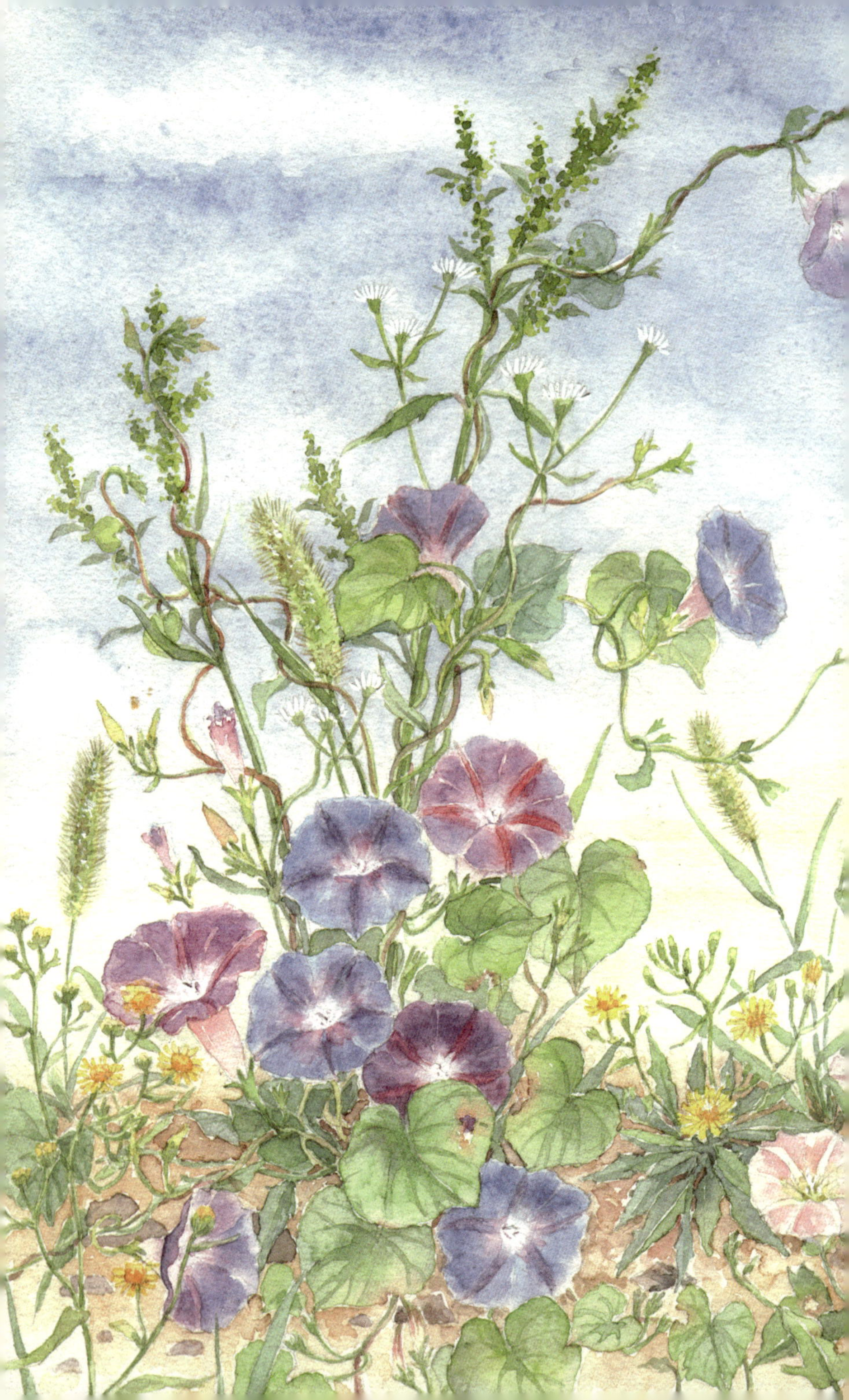

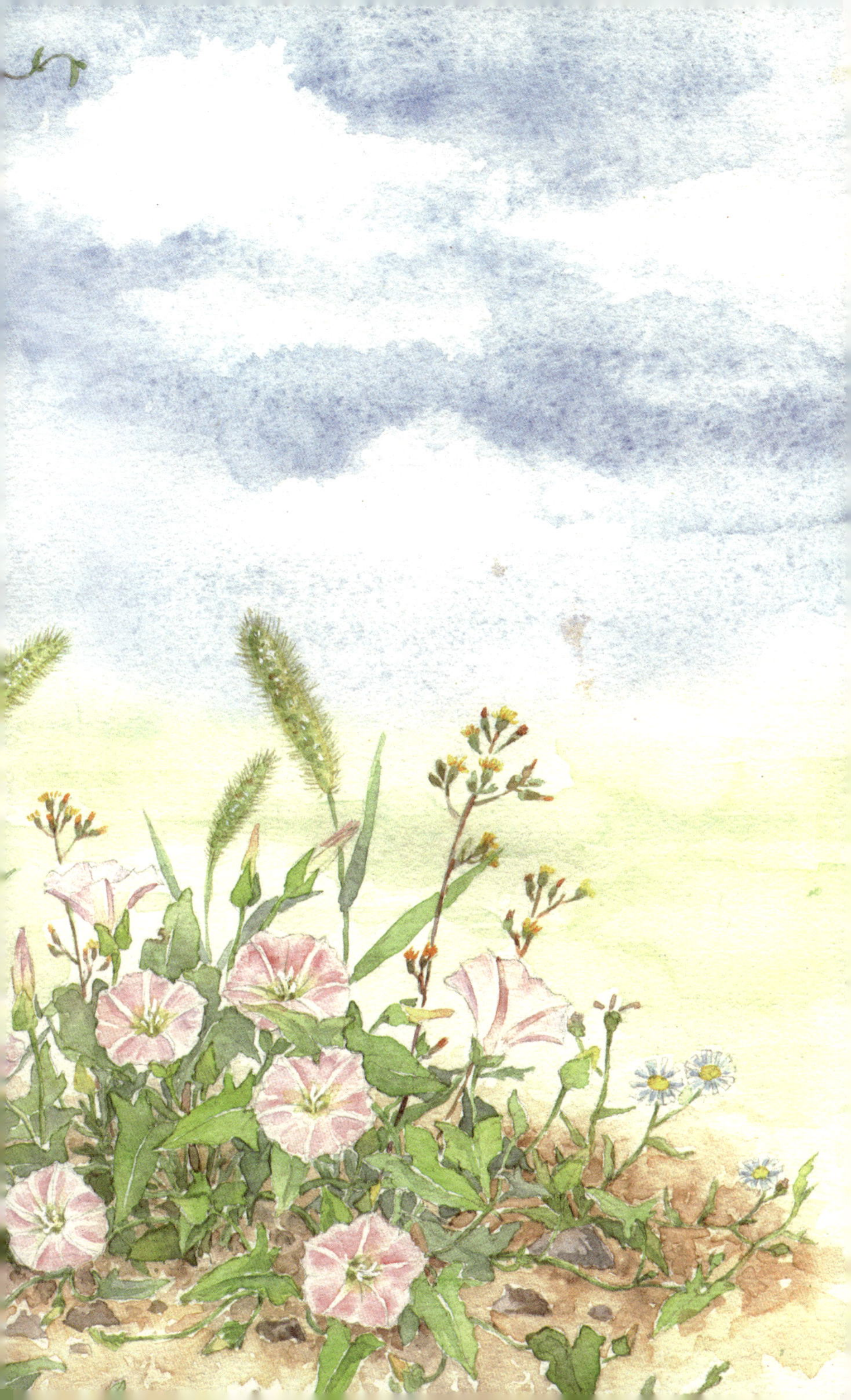

丹才谢便心阑。如今变作村园眼,鼓子花开也喜欢。"诗人郑谷在《长江县经贾岛墓》中写道:"重来兼恐无寻处,落日风吹鼓子花。"辛弃疾写的则是"鼓子花开春烂漫,荒园无限思量"。

"昼顔に米つき涼むあはれ也",这俳句则出自日本著名俳人松尾芭蕉之手,意思是午后的昼颜蔫了,忙碌了一上午的捣米工总算可以停下来歇口气了。那些捣米工,是从福井、富山乡下到江户的米店来打工的。据说起初芭蕉写的是"夕顔に米つき涼むあはれ也",如果是傍晚开花的"夕顔"(葫芦科植物傍晚时开的花),那捣米工人要工作一天才能休息,而用"昼顔"的话,午后他们就能忙中偷闲了,这似乎更符合芭蕉俳句悲天悯人的风格。

因为"打碗花"这个名字,大人们常常告诫孩子说,这花不能采,甚至不能碰,否则就会打破饭碗。这就像从前的父母会吓唬小孩说:"你不听话,就会被大灰狼吃掉。"这样朴素的、代代相传的教诲,虽然略带恐怖色彩,但其中自有其深意。瓷碗是盛饭食的易碎品，而粮食是生活的根本，对饭碗的敬畏就是对劳作和生活的敬畏。即便是温饱对许多人来说已经不成问题的今天，对草木取之有度仍然是一种原始的生存智慧和环保教育的重要内容。

下次看到野地里或者攀爬在城市灌木丛上的打碗花，不要再胡乱叫人家"喇叭花"了。如果喜欢，可以摘取一小段带花蕾的枝条，回家养在清水里，可以看上好几天。打碗花是爬藤植物，因此最好找个长颈瓶，先插上一截高度适宜的小枝丫，然后把打碗花绕上去。吸饱了水分的打碗花枝，一串小手掌似的绿叶很快就恢复了精神，支棱起来了。

打碗花盛开的花朵过了中午就收拢憔悴了，这也是它得名"昼颜"的原因，但新的花朵第二天上午就绽开了。那白中带粉的小花，有一种安宁自足的美感和乡野趣味。

打碗花插花

打碗花是爬藤植物，因此最好找个长颈瓶，先插上一截高度适宜的小枝子，然后把打碗花绕上去。吸饱了水分的打碗花枝，一串小手掌似的绿叶很快就恢复了精神，支棱起来了。

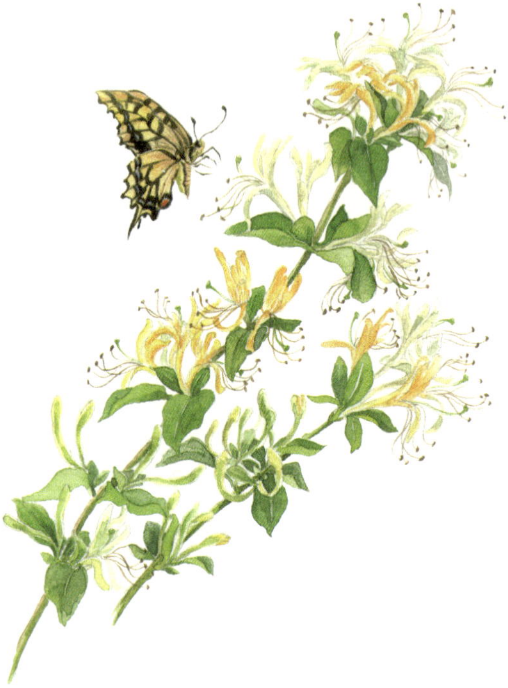

20

金银花

忍冬科忍冬属多年生半常绿灌木
花期 4—6月（秋季亦常开花）
花期 10—11月

性喜阳，耐寒耐旱，对土壤要求不严。在我国各省均有分布，主产区是山东和河南。多野生于山坡、疏林、溪河两岸。
花清香，阴干可入药，藤茎亦可入药。

金花间银蕊

金银花的正式名称为"忍冬","忍冬"之名早于"金银花"。《本草经集注》云:"凌冬不凋,故名忍冬"。《本草纲目》则道出了"金银花"一名的由来:"花初开者,蕊瓣俱色白,经二三日,则色变黄。新旧相参,黄白相映,故呼金银花,气甚芬芳。"

金银花花色的变化,大致可分为两个变色阶段。金银花的花蕾呈绿色,花初开时变为白色;开放大约两三天后,由白色渐渐转为淡黄,最终变为金黄色。植物学研究的结果表明,第一个阶段花色的改变,主要是花冠中的叶绿素和黄色的类胡萝卜素含量下降的原因,而由白变黄的过程则是由于类胡萝卜素含量的急剧增高。

在老家闽南,我们把金银花叫"银花"。金银花于我并不陌生。父亲是中医,小时候跟着他进出中药店,时常拉开镶嵌着黄铜把手的药柜抽屉,一边念抽屉上贴着的药名一边窥看里边的药材。金银花名字好记,家里有人上火、咽喉肿痛,父亲便会带一小包回家。

大姑家院子的墙根也种了一棵金银花。那棵茂密的花树爬满半面墙,大大咧咧越过墙头,爬进隔壁人家。花开时大姑站在高高的竹梯上采花的样子,我至今还记得清清楚楚。即便到了冬季,金银花的叶片也不会落尽,依然是一片浓绿。

有一年我去江西婺源旅游,在一个叫晓起的古村里,看到几个妇人正把一卷绿藤上的金银花一朵朵摘下,晾在竹匾上。见我饶有兴趣地观察她们的劳作,有人突然考我,问我知不知道那是什么花。"金银花嘛。""你也认识啊!"我们相视而笑，她说那是一早去山里采来的野生金银花。采收金银花确实必须赶早，金银花的开放受光照制约，早晨尚未开放的花蕾养分足、气味浓，颜色也好。

陈志华的《外国古建筑二十讲》里写了一个关于忍冬的传说。一位科林斯少女患病去世，乳母把少女生前最喜爱的东西收集起来，装在篮子里放在墓碑上，还在篮子上盖了一片瓦。篮子恰好压在一棵忍冬的根上。到了春天，忍冬发了芽，在篮子周围生长起来，被瓦压着的叶端长成了涡卷。一位雕塑家偶然路过发现，非常喜欢这个样式，就以它为原型在科林斯造了科林斯柱，柱顶的涡卷纹就是忍冬叶的样子。

这本书我曾读过，巧的是友人沈胜衣写金银花的文章《亦俗亦雅两生花》里也提到了这个传说，而且还探讨了我国古代艺术品中忍冬纹由来的问题。忍冬纹究竟是摹仿这种植物绘出，还是先虚构创造出图案再套到现实中相近的植物来命名？

这个问题沈君当面请教了扬之水先生，并且在文章里引用了扬之水《曾有西风半点香：敦煌艺术名物丛考》书中的

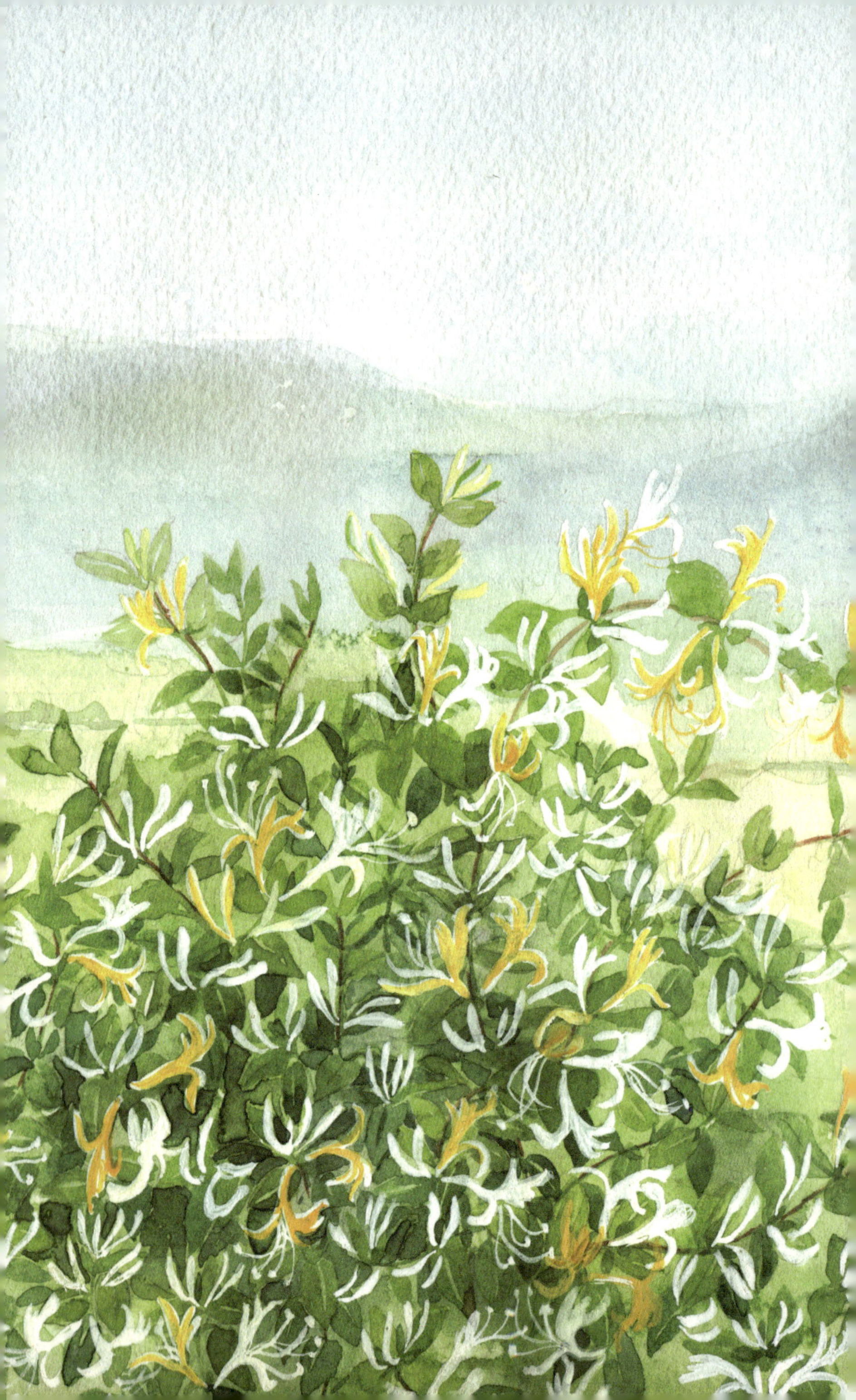

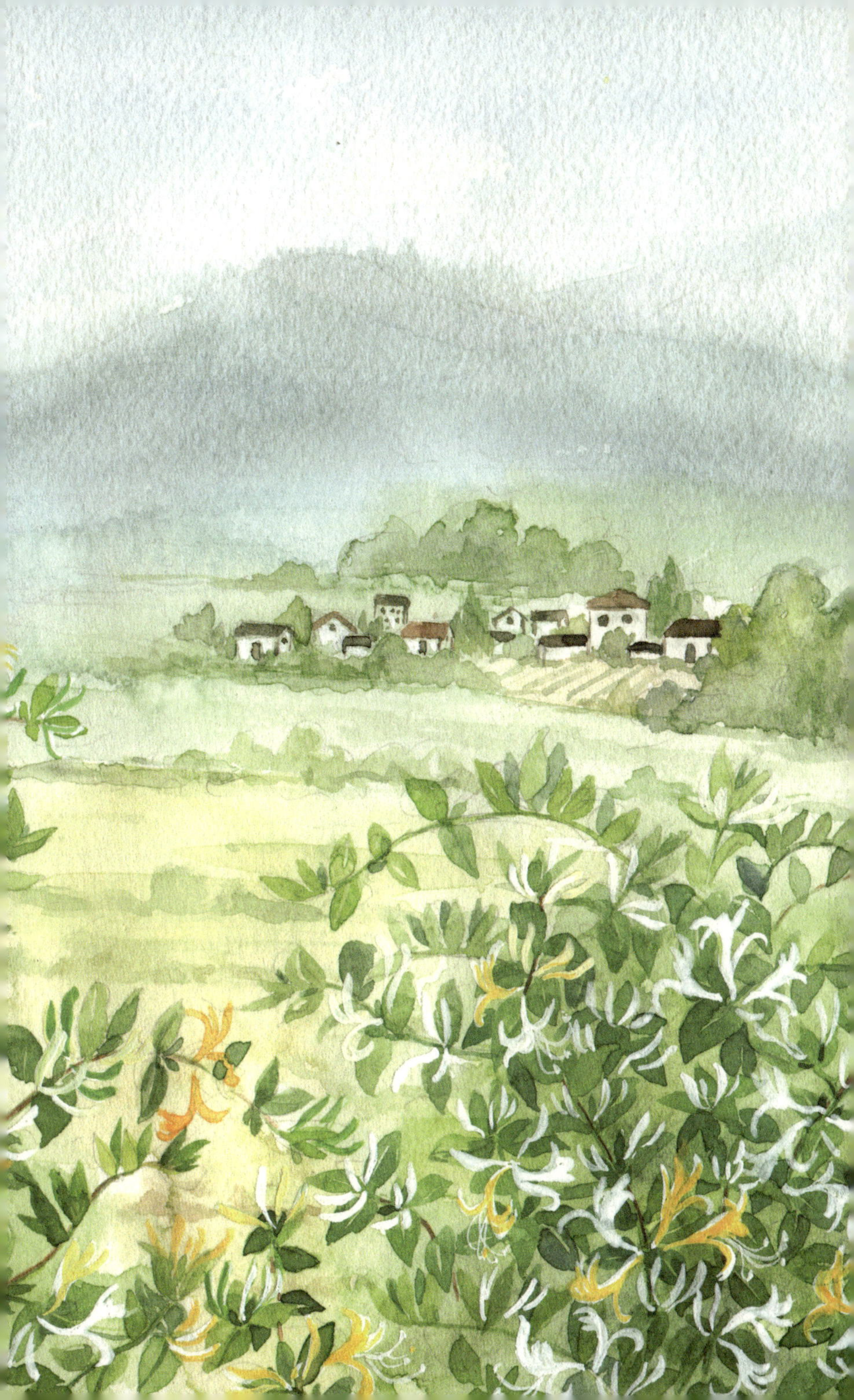

结论作了回答:"所谓'忍冬纹',它在中土的装饰艺术中,最初只是外来的'一种图案中产生的幻想叶子',而并非某种特定植物的写实,与中国原产的忍冬亦即金银花更是毫无关系。"我很喜欢这样并非一味抒情,而是虚实相生,能解答现实疑问的植物小品。

金银花纤巧可爱,细闻有怡人的清芬。金朝的段克己称赞金银花"香色奇",说它"金花间银蕊,翠蔓自成簇",感叹"世俗不知爱,弃置在空谷"。我住的小区里,曾有一楼的住户在院子外面种过金银花,后来房子换了主人,这棵金银花也消失了。好在大城市里偶尔还是能见到金银花的踪影,学校附近的大学路上,有个咖啡馆门口种了棵红白忍冬,花冠里面是白的,外面则是紫红色,看起来比普通的金银花娇艳些。

上海市中心延安中路与成都北路交会处的广场公园里,有个地块辟成了药草园,蓬勃生长的药草成了街边的观赏植物。金银花、板蓝根、鱼腥草……每次去都会见到有人在那

20 金银花

里指点辨认。

金银花用来插瓶也很雅致。友人在阳台上种了金银花，某日她在微博里写道："金银花开得真好，只是爬得太高，每天剪下一小枝自己欣赏，否则简直白白便宜了楼上人家。"我看得笑了起来。她把金银花插在玻璃瓶里，那细颈的瓶子与花枝纤细的金银花十分相宜。

张恨水在《山窗小品》里写金银花写得极优美："金银花之字甚俗，而花则雅……作瓶供时，宜择枝老而叶稀者，剪取数寸蓄小瓶。每当疏帘高卷，山月清寒，案头数茎，夜散幽芬。泡苦茗一瓯，移椅案前，灭烛坐月光中，亦自有其情趣也。"即使案头无花，读来也让人如坐花前。

许多人都知道金银花是清热解毒的良药。金银花甘寒清热不伤胃，芳香透达又可祛邪，既能宣散风热，还善清解血毒，可用于身热、发疹、发斑、咽喉肿痛等多种热性病。其实金银花用作日常茶饮也很相宜。干燥的金银花直接用开水冲泡，刚泡好的金银花茶，凑近了细嗅，闻得见清爽的干花香气，入喉略有清苦之味。

　　我去云南腾冲旅游时买过当地人自己晾晒的金银花，泡出来的金银花水清澄浅碧。金银花加水煮沸五至十分钟，放凉用来泡澡，可以滋润肌肤、预防皮炎，对湿毒引起的皮炎和湿疹有很好的疗效。

> 金银花瓶供

金银花之字甚俗，而花则雅……作瓶供时，宜择枝老而叶稀者，剪取数寸蓄小瓶。

每当疏帘高卷，山月清寒，案头数茎，夜散幽芬。泡苦茗一瓯，移椅案前，灭烛坐月光中，亦自有其情趣也。

图书在版编目（CIP）数据

春天，我想去田野里采一朵花 / 戴蓉著；朱亚萍绘.
— 北京 : 北京联合出版公司, 2022.2
ISBN 978-7-5596-5818-0

Ⅰ. ①春… Ⅱ. ①戴… ②朱… Ⅲ. ①散文集－中国－当代 Ⅳ. ① I267

中国版本图书馆CIP数据核字（2021）第278200号

春天，我想去田野里采一朵花

作　　者：戴　蓉
绘　　者：朱亚萍
出 品 人：赵红仕
策划监制：王晨曦
责任编辑：夏应鹏
特约编辑：陈艺瑞
营销支持：蔡丽娟
封面设计：周伟伟
内文设计 / 排版：江心语

北京联合出版公司出版
（北京市西城区德外大街83号楼9层　100088）
北京联合天畅文化传播公司发行
上海盛通时代印刷有限公司印刷　新华书店经销
字数105千字　889毫米×1194毫米　1/32　7.625印张
2022年2月第1版　2022年2月第1次印刷
ISBN 978-7-5596-5818-0
定价：88.00元

版权所有，侵权必究
未经许可，不得以任何方式复制或抄袭本书部分或全部内容
本书若有质量问题，请与本公司图书销售中心联系调换。
电话：010-65868687 010-64258472-800